王安忆

放大的时间

人民文学出版社
PEOPLE'S LITERATURE PUBLISHING HOUSE

图书在版编目(CIP)数据

放大的时间/王安忆著. —北京：人民文学出版
社,2017
(我们小时候)
ISBN 978-7-02-012690-3

Ⅰ.①放… Ⅱ.①王… Ⅲ.①散文集-中国-当代
Ⅳ.①I267

中国版本图书馆 CIP 数据核字(2017)第 080634 号

丛书策划：陈　丰
责任编辑：卜艳冰　李　殷
封面设计：汪佳诗
插　　图：王明明

出版发行　人民文学出版社
社　　址　北京市朝内大街 166 号
邮政编码　100705
网　　址　http://www.rw-cn.com

印　　制　山东德州新华印务有限责任公司
经　　销　全国新华书店等

开　　本　890 毫米×1240 毫米　1/32
印　　张　6.5
插　　页　8
字　　数　130 千字
版　　次　2017 年 5 月北京第 1 版
印　　次　2017 年 5 月第 1 次印刷

书　　号　978-7-02-012690-3
定　　价　32.00 元

编者的话
大作家与小读者

    "我们小时候……"长辈对孩子如是说。接下去，他们会说他们小时候没有什么，他们小时候不敢怎样，他们小时候还能看见什么，他们小时候梦想什么……翻开这套书，如同翻看一本本珍贵的童年老照片。老照片已经泛黄，或者折了角，每一张照片讲述一个故事，折射一个时代。

    很少人会记得小时候读过的那些应景课文，但是课本里大作家的往事回忆却深藏在我们脑海的某一个角落里。朱自清父亲的背影、鲁迅童年的伙伴闰土、冰心的那盏小橘灯……这些形象因久远而模糊，但是永不磨灭。我们就此认识了一位位作家，走进他们的世界，学着从生活平淡的细节中捕捉永恒的瞬间，然后也许会步入文学的殿堂。

王安忆说："历史是胜利者的历史，记忆也是，谁的记忆谁有发言权，谁让是我来记忆这一切呢？那些沙砾似的小孩子，他们的形状只得湮灭在大人物的阴影之下了。可他们还是摇曳着气流，在某种程度上，修改与描画着他人记忆的图景。"如果王安忆没有弄堂里的童年，忽视了"那些沙砾似的小孩子"，就可能没有《长恨歌》这部上海的记忆，我们的文学史上或许就少了一部上海史诗。儿时用心灵观察、体验到的一切可以受用一生。如苏童所言，"童年的记忆非常遥远却又非常清晰"。普鲁斯特小时候在姨妈家吃的玛德莱娜小甜点的味道打开了他记忆的闸门，由此产生了三千多页的长篇巨著《追寻逝去的时光》。苏童因为对儿时空气中飘浮的"那种樟脑丸的气味"和雨点落在青瓦上"清脆的铃铛般的敲击声"记忆犹新，因为对苏州百年老街上店铺柜台里外的各色人等怀有温情，他日后的"香椿树街"系列才有声有色。汤圆、蚕豆、当甘蔗啃的玉米秸……儿时可怜的零食留给毕飞宇的却是分享的滋味，江南草房子和大地的气息更一路伴随他的写作生涯。迟子建恋恋不忘儿时夏日晚饭时的袅袅蚊烟，"为那股亲切而熟悉的气息的远去而深深地怅惘着"，她的作品中常常飘浮着一缕缕怀旧的氤氲。

什么样的童年是美好的？生长于上世纪六十年代、七十年代动乱时期的中国父母们很难回答这个问题。他们中的大多数人没有团花似锦的童年。"在漫长的童年时光里，我不记得童话、糖果、游戏和来自大人的过分的溺爱，我记得的是清苦，记得一盏十五瓦的黯淡的灯泡照耀着我们的家，潮湿的未浇水泥的砖地，简陋的散发着霉味的家具……"苏童的童年印象很多人并不陌生。但是清贫和孤寂却不等于心灵贫乏和空虚，不等于没有情趣。儿童时代最温馨的记忆是玩过什么。那个时代玩具几乎是奢侈品，娱乐几乎被等同于奢靡。但是大自然却能给孩子们提供很多玩耍的场所和玩物。毕飞宇和小伙伴们不定期地举行"桑树会议"，每个屁孩在一棵桑树上找到自己的枝头坐下颤悠着，做出他们的"重大决策"。辫子姐姐的宝贝玩具是蚕宝宝的"大卧房"，半夜开灯看着盒子里"厚厚一层绒布上一些小小的生命在动，细细的，像一段段没有光泽的白棉线。我蹲在那里，看蚕宝宝吃桑叶。好几条蚕宝宝伸直了身体，对准一片叶子发动'进攻'。叶子边有趣地一点点凹进去，弯成一道波浪形"。那份甜蜜赛过今天女孩子们抱着芭比娃娃过家家。

最热闹的大概要数画家黄永玉一家了，用他女儿黑妮的话说，"我们家好比一艘载着动物的诺亚方舟，由妈妈把舵。跟妈妈一起过日子的不光是爸爸和后来添的我们俩，还分期、分段捎带着小猫大白、荷兰猪土彼得、麻鸭无事忙、小鸡玛瑙、金花鼠米米、喜鹊喳喳、猫黄老闷儿、猴伊沃、猫菲菲、变色龙克莱玛、狗基诺和绿毛龟六绒"，这家人竟然还从森林里带回家一只小黑熊。这艘大船的掌舵人张梅溪女士让我们见识了上世纪五十年代的小兴安岭，带我们走进森林动物世界。

物质匮乏意味着等待、期盼。比如等着吃到一块点心，梦想得到一个玩具，盼着看一场电影。哀莫大于心死，祈望虽然难耐，却不会使人麻木。渴望中的孩子听觉、嗅觉、视觉和心灵会更敏感。"我的童年是在等待中度过的，我的少年也是在等待中度过的……一次又一次的失望让我拥有了无与伦比的忍受力。我的早熟一定与我的等待和失望有关。在等待的过程中，你内心的内容在疯狂地生长。每一天你都是空虚的，但每一天你都不空虚。"毕飞宇在这样的期待中成长，他一年四季观望着大地变幻着的色彩，贪婪地吸吮着大地的气息，倾听着"泥土在开裂，庄稼在抽穗，流水在浇灌"。没有他少年时在无垠的田野上的守望，就不会有他日后《玉米》《平原》等乡村题材的杰作。

而童年留给迟子建的则是大自然的调色板。她画出了月光下白桦林的静谧、北极光令人战栗的壮美，还有秋霜染过的山峦……她笔下那些背靠绚丽的五花山"弯腰弓背溜土豆"的孩子，让人想起米勒的《拾穗者》。莫奈的一池睡莲虚无缥缈，如诗如乐，凡·高的向日葵激情四射，如奔腾的火焰……可哪个画家又能画出迟子建笔下炊烟的灵性？"炊烟是房屋升起的云朵，是劈柴化成的幽魂。它们经过了火光的历练，又钻过了一段漆黑的烟道，一旦从烟囱中脱颖而出，就带着一种超凡脱俗的气质，宁静、纯洁、轻盈、缥缈。天空无云，它们就是空中的云朵；而有云的日子，它们就是云的长裙下飘逸的流苏。"

所以，毕飞宇说："如果你的启蒙老师是大自然，你的一生都将幸运。"

作家们没有美化自己的童年，没有渲染贫困，更不是"为赋新词强说愁"，而是从童年记忆中汲取养分，把童年时的心灵感受诉诸笔端。

如今我们用数码相机、iPad、智能手机不假思索地拍下每一处风景、每一个瞬间、每一个表情、每一个角落、每一道佳肴，然后轻轻一点，很豪爽地把很多图像扔进垃圾档。我们的记忆在泛滥，在掉价。几十年后，小读者的孩子看我们的时代，不用瞪着一张张发黄的老照片发呆，遥想当年。他们有太多的色彩斑斓的影像资料，他们要做的是拨开扑朔迷离的光影，筛选记忆。可是，今天的小读者们更要靠父辈们的叙述了解他们的过去。其实，精湛的文本胜过图片，因为你可以知道照片背后的故事。

我们希望，少年读了这套书可以对父辈说："我知道，你们小时候……"我们希望，父母们翻看这套书则可以重温自己的童年，唤醒记忆深处残存的儿时梦想。

我们期待着更多的作家加入进来，为了小读者，激活你们童年的记忆。

童年印象，吉光片羽，隽永而清新。

陈　丰

目　录

校际明星

校际明星

那时候，在我们小学里，有一个合唱团，在区里，甚至市里，都获得过名次。每当学校举行庆典活动，他们便登场演出。男女团员，一色白衬衣，男生蓝裤子，女生花裙子，底下一律白袜白球鞋，站在阶梯站台上，唱着四部合唱与轮唱。参加合唱团是极大的光荣，无疑地，合唱团是我们的明星。

在这些明星里面，还有一个最大的明星，男生领唱。他比我们高几个年级，大约是四或者五年级。他是那种最典型的男童音，小公鸡似的，尖，高，嘹亮。长相也是典型的清俊少年，中等个头略高，偏瘦，长脸颊，高鼻梁。他穿着很整齐，干净的衬衣扣着袖口，下摆束进西装短裤，齐膝的长筒袜，褐色系带童皮鞋。当他站在梯级合唱队的围屏之下，从容地唱出一个激昂的高音起句时，这情景真是激动人心！

他吸引着大家的目光，而他似乎完全不自觉，举止与一般男生无甚两样，下课时和大家一起玩，玩累了，再一并奔跑回教室。因为小学校是就近入学，大家都住在一个街区，所以平时也见他与父母走在街上，或者自己手里托着样大人嘱咐买的什么东西，往回走。他显然生性安静，除去唱歌，其他方面均很平平，这大约也是使他安于平凡的原因。但是，这却更增添了他的魅力。

他一定不会知道，人们是如何注意他的一举一动。有一回，我们中间的一个女生激动地说道，前天她看见他了！她是受母亲嘱托，去药房买漂白粉，见他也在药房里，低头看柜台里的药品，一时无法决断究竟要买哪一种。又有一回，我跟随也是合唱团员的姐姐参加春游。那一日，天气很热，我们上半天就喝干了水壶里的水，只得买棒冰解渴，不料越解越渴。到了临回家时，我已渴得唇干舌燥，而此时，大多同学的水壶亦都干了。可是，只有他，还有着大半壶的水。在此，也可看出他是一个比较有自约力的孩子。还记得，那是一个蓝色的塑料水壶，小口，大肚，旋着白色的瓶盖，斜背在肩上，与另一侧斜背的书包交叉而过。一日玩下来，他依然仪表端正，食饮有余，毫不显出焦渴与疲惫。我和姐姐早就窥视着他的水壶，心下打着鼓，要不要上去问他讨一口水喝。最终我们还是放弃了这个念头。即便是如我姐姐，一个合唱团的成员，亦是对他抱着敬畏的心情。

然而，不期然地，我们学校又冒出另一个明星，整件事情都有些不可思议。电影院里隆重推出一部儿童影片，根据著名儿童文学作家张天翼的小说编剧的，《宝葫芦的秘密》。其中一个角色，竟是由我们学校的一个男生扮演。这是个配角，前后总共才一到两句台词。但即便这样，我们还是想不通。这个男生长得不怎么样，学习不怎么样，还很顽皮，并且，和校园里一切表演艺术不沾边。可他竟然在一部全国知名的影片中担任了角色。我们全校组织观看了这部电影，欣赏了他的表演，然后，人们问他："你身上穿的格子衬衣是谁的？"他头也不抬地回答道："阿飞的！"你看，他就是这样粗鲁地对待我们这些追星族的热情。

刻纸英雄

我们的小学校里，有一个时期，兴起了刻纸的风气。男生女生，到了课余时间，一律伏到课桌上，用刀片刻着纸。刻纸，先是需要一个纸样，也就是一幅完成的刻纸。先将纸样铺平，上面覆一张纸，也铺平，然后将铅笔放平，横着，轻轻地皴。一定要注意均匀、细致，等到铅笔将整张纸皴满，那纸样的图案便呈现出来。这一道工序很需要耐心，倘有一笔不到之处，图案就缺损了，无法落刀。我们中间有特别擅长覆样的同学，但一般都很傲慢，只替他们的好朋友代劳。等纸样覆好，刻纸便正式开始。

刻纸通常用的纸，是一种有颜色的薄纸，原本用于写告示。有红、蓝、黄几种，颜色比较暗。由于纸质稀疏粗糙，正面的颜色会洇到背面来。这种纸比较薄脆，容易破，可是好下刀。倘若是家境好的同学，有时候他们会买蜡光纸。色泽鲜亮，纸面光滑，颜色种类也多。蜡光纸不容易破，可是因纸质厚密，刻刀更须下力，周转就不灵活了。又有一种白纸，薄而不脆，张幅很大，很适合刻纸，大约是造纸厂或者印刷厂的原料用纸，所以不是能够买到的。拥有这种纸的同学很少，也很光荣，他们宝贝似的藏着，偶尔地，馈赠给他们的知己几张。

刀呢？通常使用四分钱一片的铅笔刀，一分长两分宽，背上嵌着铁皮做刀把。这种刀很锋利，两头都是锐利的直角，可用于刻纸中的"挖"和"掏"，但也容易割破手。有那么极少数的同学，拥有着真正的刻刀，长把，把处细下来，往下渐渐阔开，刀刃再又窄出去，形成一个斜角。但事实上，这是木刻刀，刀刃比较厚，并不合适刻纸。最最合适的，却是剃刀的刀片，但相当危险，因为它是两面刃，且又极薄，一旦破裂，任何一面都可伤手。只有最精到的行家，才可能使用它。

男女生，刻纸的趣味是不一样的。女生中间，流行的多是花卉、动物、小人儿，张幅比较小，刀法又比较简略。应当承认，当时，在我们小学校，女生在刻纸方面，没有表现出特异的才能，但是，她们另辟蹊径，由刻纸派生出另一种艺术。就是，将一幅刻纸覆在白纸上，然后，挤一点水彩颜料进茶杯，稀释，用牙刷蘸了颜色水，手指压过刷毛，颜料便喷洒在纸上。将刻纸揭开，便是一幅"点彩画"。而我至今无法明白，男生们是从什么地方觅来那些气象恢宏的图样。那多是取自"三国"的战争场面，其中的人物，他们统统能叫出名字。这些人物造型，接近香烟牌的风格，面目呆板，而忠奸勇儒，显见其神。重要的是人物的披挂，盔甲、兵器、令旗、战马、马上的鞍具、坐骑，特别繁复冗重。线条密密地铺陈开来，极尽华丽。这样一幅刻纸，需要几天，甚至数周，才能完成。

在他们中间，有一个刻纸大王，他就是操纵那最危险的刀具——剃刀片。他的刻纸，是作为纸样，在男生之中流传。他的名声也流传着。这是一个少言寡语的男生，甚至也不太顽皮。在刻纸风潮中，他埋首于刀纸，成了领衔人物。

　　由于刻刀将课桌毁坏得十分严重，并且，有些同学开始在课堂上刻纸，学校特此举行了一场讨论："刻纸好还是不好？"讨论的结果是，应当适度地刻纸。于是，刻纸的狂热渐渐平息，兴趣转移开去。那位刻纸大王，也放下了刻刀。有一日，有人见他蹲在弄底，用一支粉笔在平整的、切成大方格的水泥地面上画图。从最里第一格画起，渐渐往外画去。题材依然是"三国"，尺寸却要比刻纸大上数十倍。因为没有纸样的规定，画得很自由，战马并驾齐驱，兵将挥剑疾行，布局却保持了匀整平衡。他很快画满了所有的格子，扔下粉笔头，拍拍手上的灰，转身进门去了。

阿尔及利亚少女

我们的小学校，经常被派到接待外宾的任务。这些任务，是由一批固定的小学生担任的。他们漂亮、活泼、家境良好，有体面的穿着。在接到任务的这一天，他们打扮得格外光鲜，下午第二堂课就不上了，由负责老师带往少年宫。那是一幢殖民风格的大宅子，是一位在上海滩发迹的犹太人的财产，后来被国家没收了。在那里，他们将给外国来宾献花，然后挽着来宾的手，各处参观，观看演出，最后将外国来宾送上汽车。有那么一两次，报纸上登出了他们的照片，他们很乖地依偎在外宾的身边，笑着。

还有一种接待任务，是比较大型的。那就是站在少年宫庭院的甬道两边，挥手欢迎，或者欢送外宾。这样，就会需要比较多的小学生，挑选的标准也宽松许多。往往是一个班级的大半人数，是接待中的群众角色。在他们的欢呼声中，那些主角便迎上前去，一对一地拉起外宾的手。

我属于群众演员，立在甬道边挥手。外宾有时候也会停住脚步，立在某一个形容可爱的孩子跟前，摸摸他的头。这个人也不会是我。因为我的身高要超出同年龄孩子，看上去，我已经是一个大孩子了。有一回，欢迎外宾，大约统计不准确，人多了，队伍就比较拥簇。已经到了最后时刻，一个女老师来整顿队伍。由于着急，她很粗暴地将我一推，推进人群后面，说："你高，总归看得见！"不知道是指我"看得见"外宾，还是外宾"看得见"我。总之，我一个人站到了队伍的外面。

这一年的暑假，幸运却落到我身上。由于一个同学临时生病，我补了他的缺，去参加一项接待任务。这一次接待的性质，正好介于那两种之间，是大型的，又是一对一的，我们每个人都可以分配到一个外宾。那是一个大型访问团，成员都是孩子，来自阿尔及利亚的一个烈士子弟学校。

下午，我们到少年宫集合，再出发去北火车站，在站台上一字排开，等待火车进站。老师要求我们，等客人们下到站台，就要一窝蜂拥上去，搀住他们的手，领他们到站外的大客车上。经过激动不安的等待，火车终于来了。一团白烟，方才扑面而来，火车已经铿锵过去。孩子们下了车，我们一拥而上。

我对准一个女学生奔过去，她甚至比我还高，又比我壮得多。看上去，她已经是个少女。我热情过度地去争夺她的手提箱，她很轻巧地换了一只手，用另一只手搀住了我的手。我们几乎是第一对结上对子的，很骄傲地走过乱哄哄的人群，不时回过头，互相看一眼，微笑一下。中途还走过一段弯路，走到相邻另一条站台上，然后又绕回来。最后，我将她送上了站外的大客车。她依在车窗口，我则在底下热烈长久地挥手。因为我们是较早到达的，所以车停了很久。可我一点也不嫌时间长，一分钟都没停止挥手。有一次，她向我招手，招我过去，我们一个上一个下地握了阵手。我再回到队伍里来时，人们都羡慕地看我。

晚上，我们一起在儿童剧院看描写反法西斯战争中的孩子的话剧《第三颗手榴弹》，我们和他们分为两拨，坐在剧场。我完全看不见她，但只要晓得她也在场，便兴奋无比。

流言（一）

　　我姐姐的班主任，是一位姓沈的女老师。在我们小孩子眼睛里，她已是个中年人，其实，也许只不过三十岁。她戴一副眼镜，人比较消瘦，印象中总是穿深色衣服。这使她显得严肃，甚至令人生畏。可是，孩子们都亲近她，觉得她无疑是公正可靠的，就像母亲那一类人。据传，她单身未婚。可是事实上呢，也很难说，小孩子中间的流言大多不怎么靠得住。我姐姐是那种最容易受男生欺负的女生，常常哭着从学校回来，或者，由同学跑来报告，然后家里人跑去领回哭成泪人的她。男生们非常满意这样的效果，所以，便不能罢手。一而再，再而三，我姐姐彻底成了个受气包。关于这问题，沈老师还专门做了家访。她对我妈妈说，一切她都看在眼里，她只是装看不见，因为她希望能够彻底解决问题，而彻底解决问题只能是由我姐姐自己去解决。我妈妈非常敏锐地接受了沈老师的暗示，对我姐姐说："他们打你，你也可以打他们嘛！"终于有一日，也是把我姐姐逼得忍无可忍，她出了手，一拳打个正着，打在一个男生的鼻子上，立刻见血。见我姐姐动了真格的，男生反胆怯了，并不敢还手，只是叫骂不休。而我姐姐怕打不灭他，又跟上去几下，还是打在鼻子上。此时，沈老师走进教室，眼睛都没往这边转一下，就让大家安静，宣布上课。从此，我姐姐受男生欺负的日子就告终了。

　　三年以后，我也进了同一所小学校。我的班主任是个比较年轻的老师，长着一张温柔的圆脸。有一天早晨，早操的时候，因为我们是在临街花园里早操，所以行人们多半会驻足观看，这一天，忽然从街上跑来一个小女孩子，抱住老师的腿，叫了一声"妈妈"。我们便知道，老师有一个小女儿。可这个老师似乎并没有比单身的沈老师有更多母性，她对我们小孩子会情绪化地表现出菲薄鄙恶，甚至怀着成见，这使她变得有些刻薄。我们在心理上很快就疏远了她。倒是上图画课的李老师，一名年轻的男老师，很博得大家的喜爱。我们万分崇拜地看着他在黑板上，不用打格子，就写出了美术字，我们叫作空心字。他在课外主持了一个美术兴趣小组，我报名参加了。第一次活动，好像是画静物，一只竹壳热水瓶还是别的什么。当我把画交上去反身要走的时候，他却把我叫住了，不相信地看着我的签名，问："某某班的某某人是你的姐姐？"我说是的。他就摇摇头："你姐姐的画很可怕。"这样，他就记住了我。我暗自觉得，美术小组里，除了那几个画得特别好的男生，挨下来，他最中意我。所以，我总是努力在他的课上表现得好一些，我也觉得他是注意到了。

有一个周日，美术小组春游写生，一同来到公园。因为都是来自不同的年级和班级，大家彼此都还陌生。但是，别人很快都结成了伴，只有我，一个人坐在湖边柳树底下，画着湖对面的建筑。看见别人开始交换带来的食物，围成一堆一堆地吃饭，我便也从书包里掏出面包、鸡蛋、水，一个人吃着。时间渐渐变得冗长，画也画不成样，没了耐心，又不敢走开，怕大家离开时会落下自己，于是，只是枯坐。下半时，同学们自动结成四人一组、四人一组地划船，最后，只剩下一个人，那自然是我。或者说，他们压根没想起我。在木桨的划水声，同学们的欢笑、尖叫声，还有船帮和船帮有意的碰撞声中，真是寂寞啊！李老师曾经走到我身边，停了停，又走开了。看来他对我的处境也无能为力，他不是一个会招呼孩子的人。而且，他还有些懒散。在这团热闹中，他甚至显得比我更寂寞。据说，他没有结婚，也没有女朋友，他患有肺结核。

很多年以后，就听见一个传言，沈老师和李老师结婚了。谁知道呢？小孩子总是一厢情愿地将他们喜欢的人结合在一起，管他们合适不合适。

流言（二）

在我们小学校里面，还流传着一个晦暗的谣言，说的是音乐老师。

我们有三位老师教音乐，两位女老师，一位男老师。女老师中的一个，显然来自比较优越的家庭。她白皙、丰腴，穿着考究，经常穿的是藏青色的毛料西式上装，毛料裤的裤线笔直。她钢琴弹得不错，用美声教我们唱那些儿童歌曲，那样子看上去有些滑稽，我们便禁不住要发笑。但这只是她课堂上纪律松懈的一个原因，另一个原因是她不会和孩子相处。她就像是那种从来没有带过自己孩子的母亲，看到孩子，心里就打怵，于是便敬而远之。从哪方面看，她都不像是个教小学生音乐课的人。而且，像她这样养尊处优的女人，其实完全可以不出来工作，在家中做主妇。不过，那个年代，是鼓励妇女走出家庭，参加社会生活的，尤其是那些受过教育的妇女。这些妇女往往是不服从学校分配，又嫁了有钱的丈夫，赋闲在家。

另一个女老师，形象要粗糙得多。可能年纪不小了，又因为衣着和神情的缘故，看上去让她显得疲惫和灰暗，所以就苍老了。她是教体育的，有时却也教唱歌。她会踩风琴，风琴声和她嘎哑的嗓音挺般配。至今我还记得她那高大的身量，坐在风琴前用力压键的背影，她看上去很有威慑力。所以，小孩子在她课上是不吵的，尽管乏味得很。

流言是关于那一位男老师的。他比她们都要年轻得多，他不仅正式毕业于师范的音乐教育专业，本人也特别有才华。他钢琴弹得好不说，还擅长创作儿童歌曲。我们学校著名的合唱团，是由他创办并且辅导的，演唱的曲目里，有不少就是他创作的词曲。有的流传到外校去，有的甚至刊登在儿童歌曲集里。他相当敬业，上音乐课很认真，老要训练我们唱合唱和轮唱。有唱得好的人，就被挑选进合唱团。有一次，他在全校范围内招收合唱团员，报考的人在小礼堂前的临街花园里，站了一片。考试分初试和复试，一直到天黑。人们就在越来越沉暗的暮色中，等待公布结果。在歌唱条件以外，他还对形象和着装有一定的要求。其实小孩子都长得差不多，主要的差异就在于着装，这又与家境有关了。所以，合唱团的孩子们就显得是来自较高的阶层，那时候我们叫作：资产阶级。可是也有例外，有一次，这老师看中了一个低层的男孩子。这孩子跟着开老虎灶的爷爷生活，一老一小就住在热水灶头顶的搁板上。去打开水的人，有时会看见灶头上面的搁板上，脸朝外地趴着一个凹脸孩子，顶一床被子在写作业，那就是他了。不过大多数时间，他是在街上奔跑，打架，骂人，满口都是街头的切口。就这么一个野蛮的孩子，嗓音也是野蛮的，可老师就看中了他，一个劲地训练他，他也因此学乖了不少。

他单身，瘦长的身子，顶了一张小小的苍白的脸，戴一副白边眼镜，眼睛在镜片后面躲闪地看人，伴随

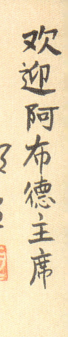

欢迎阿布德主席

明三画

我们的小学校，经常被派到接待外宾的任务。这些任务，是由一批固定的小学生担任的。他们漂亮、活泼、家境良好，有体面的穿着。在接到任务的这一天，他们打扮得格外光鲜。

这一年的暑假，幸运却落到我身上。由于一个同学临时生病，我补了他的缺，去参加一项接待任务。那是一个大型访问团，成员都是孩子，来自阿尔及利亚的一个烈士子弟学校。

一种要哭或者要发怒的表情。后来，成年以后，我开始想到，那流言多半来自他的多少有些猥琐的外表，还有，女教师多而男教师少的小学校这个环境。这流言是，他患了一种奇怪而且可耻的病，病名叫作"香水病"。在很长一段时期以后，大约是直到我读到王维那一首"红豆生南国"的诗词，方才明白"香水"其实是"相思"两个字，沪语中两词谐音。流言中说，他生了这病，无论什么药都无法治愈，最后只能是，学校里的女老师，围着他的床站一圈。这种流言，对他相当有损害，人们都用嫌弃的眼光看他，以致他更加沉郁、紧张、猥琐。我们这座挤在市民堆里的小学校，难免会染上庸俗阴晦的市民气。

　　若干年过去，听说他结婚了，妻子比他年轻许多，是当年合唱团的一名团员。

离异

　　小孩子的时间都是放大的，所以，在我们五年级的时候，看刚进校的新生，觉得他们实在是太幼稚了。在我们这所校舍十分紧张的小学里，教室都是一室多用。我们班级的一间，在中午散学后，就做了一年级生的饭厅。总共大约有二十来名学生，中午家中无人，就在学校吃饭，由一名卫生老师，到里弄办的食堂打来饭和菜，分给他们。所谓卫生老师，就是学校医务室的一名医务员，粗通保健常识，主要用来应付学生发生的紧急事故，其实也要兼做一些杂活。这名老师年届中年，戴副眼镜，显然不是个干活利落

22

的人，每每忙得汗流满面，眼镜落到鼻尖上，头发黏在腮上。尤其是分菜，眼睛没有准头，总是一碗多一碗少，再将多的舀给少的，少的又成多的了。终于分停当，她便袖手坐在讲台边上，监督小孩子们吃饭。小孩子们一律低了头，努力地划饭，咀嚼，可怜他们连筷子都捏不牢呢，饭菜也不一定对他们的口味，但他们总能在规定的时间内，将他们的定量吃下去，最终完成任务。

我们下了课后，总不急着回家，而是拥在窗户口，看小孩子吃饭。然后，慢慢地，我们便潜进去帮着分菜分饭。那位老师对我们的擅自插手，睁一只眼闭一只眼，当然她不好派我们工，但我们的帮助很是有用，解决了她的困难。有一次，她主动从小孩子们的伙食中，取出一块面包让我们几个分食，表达对我们的感谢。于是，再渐渐地，我们得寸进尺地，开始给小孩子们喂饭。他们和我们显然要比和老师亲近，因我们没有老师的威仪，他们喊我们大姐姐，很依赖地望着我们，我们给这一个喂饭时，那一个还流露出妒意。所以，我们很忙乎，往往耽误了自己回家吃饭。

我们喂饭最多的是一名女生。她个子挺高，比同龄的男孩子，几乎高出一头，皮肤特别白皙，长脸，尖下巴，短发。她显得有些大，属于那种从小就有淑女风范的女生。她吃饭最慢，而且勉强，就好像没有什么食欲似的，总也不能将她的那份吃完。给她喂饭也很困难，倒不是说她不听话，相反，她很合作，一勺饭送过去，她极力张大了嘴含进去，然后开始咀嚼。她咀嚼的过程很长，中途几次下咽，都难以完成。最后几乎是直着脖子将这一口东西吞下去，看了也叫人不忍。有几次我们没了耐心，放下她，照顾另一些孩子，这时候我们看见她的眼光，她用企求的目光看着我们，我们才知道她格外地需要我们。

　　在这漫长的喂饭过程中，我们会问她一些问题，她显然是想留住我们，生怕我们丢弃她，就很积极地回答我们。她说话的声音尖而细，就像唱歌的人用的假声，并且很急骤，有一点类似聋子听不见自己声音的说话，无法调节音高与频率。从此来看，她大约是很少开口说话，与人打交道的。本来都是一些无关紧要的闲话，和一个小孩子，能有什么话题呢？可是不曾想，事情竟变得严肃了。好像是问到她的妈妈，她的回答忽然令人费解起来，似乎是，妈妈走了。走呢，也不是一般的走，中间还夹杂着一些内容：她夜里被吵醒，有一具烟灰缸敲碎了另一件什么东西；还有一日，一名什么亲戚上门；再有，谁的哭泣。最终，有一日，她从幼儿园回家，那时，她在幼儿园的大班，路上，父亲对她说，妈妈走了。她说着这些的时候，嘴里始终含了一口饭，几乎是带了一种急切的心情，尖着声音快快地说。当我们劝她慢些说时，或者咽下饭再说，她并不听，依然径直地说下去。然后，就有很细的泪珠沿了她秀气挺直的鼻梁，缓缓地流下来。饭已经全冷了，时间也不允许了，老师过来收走了碗碟，我们为她担心，下午要饿怎么办？她说不要紧，她有饼干，说着就从书包里掏出一个铝制饭盒，给我们看。饭盒上箍了牛皮筋，里边整齐地放了苏打饼干，满满一盒。她说是她父亲替她放的，我们看见了一双父亲的细心的手。她盖好饭盒，重新箍好，放回书包，走出了教室。那位老师对我们说："你们不要问她太多，她的妈妈和爸爸离婚了。""为什么呢？"我们问。老师嗫嚅了几句，到底也没说出什么来，只是又叮嘱一句："不要再问了。"

过了几日，是一个周末，下午没课，吃过午饭，家长们便将孩子接走了。于是，我们看见了她的父亲，一个苍白的、斯文的、忧郁的男人，没有一点笑容，但却是温柔地将女儿抱到自行车后架上坐好，然后自己从前边跨过横梁，坐上车垫，骑走了。

背同学上学

其实，在"文化大革命"发生的前一年——一九六五年，我们的小学校就已经感到不安了。动荡前的悸动空气，渐渐弥漫在学校生活里。原先的秩序和纪律，不是说解体和松懈，而是变形。有一次期中语文考试，竟不是在试卷上进行的，也不是由老师批分，而是同学们两人一组，相互测验。测验的内容是生字，将课本后的生字表一字一字识读，然后核记分数。这多少有点不严肃，减低了考试的神圣性。

其时，学校里新来了一名女教师，教英语。这一年，小学新增设了英语课。这女老师刚从师范学校毕业，长一张高颧骨、宽腮帮的脸，挺见轮廓，表情又十分严肃，扎一对短辫，这就使她很像那种宣传画上的革命青年。事实上，她也带来了革命的颠覆气息。她似乎不只是故意，还是本能地，对班上那些处境优越的同学心生反感。这些同学成绩优异，家境往往比较优渥，经常获得校际荣誉。她有时候，当众贬低他们，用词相当激烈，甚至伤人。通常是渴望反叛的孩子们，此时不禁也感到惊诧了，因大家心底里，还是拥戴他们的精英的。有一次，到番瓜弄义务劳动——这也是这段时期里的变化之一，就是课外活动多以义务劳动为内容。但小孩子并不对此不满，相反，非常积极。我们以高涨的热情对待劳动，比春游秋游起劲得多。逢到这一日，早早就聚在校门口，等待集合出发。中午在工厂或工地食堂的一顿饭，尤其激动人心。那是盛在烫手的铝制饭盒里的，粗糙简陋的饭和菜，只听一片铁勺与饭盒的碰击声。这里头有一股劳工生活的激越情感，是那时代的精神，应和着我们成长的热望。那一次去的番瓜弄是一片棚户区，当年从苏北逃荒过来的船民上岸后，用苇席卷起地棚栖身，人称"滚地龙"。这年，市政府决定在此建造工人新村，所以，番瓜弄便成为一个著名的工程，它代表着劳动阶层翻身解放的历史进程。我们能做什么？多是排成一条长龙，一传一地传递砖头。这也是一种象征，象征一砖一瓦，平地而起的建设。中午休息时候，这位老师忽然来点名，说有报社的记者来摄影，要选一些品学兼优的同学去拍照。她选的多是些平常孩子，这些孩子被突降的幸运搞得惶惑起来。有大胆的同学提出异议：为什么没有某某某？老师并不理睬，带了她选中的同学径直走了。在我们班级里，就这样重新划分了阶层。

有一日，我们在教师办公室里，听老师交代事情，窗外忽而走来一名青年。说他是青年，其实是中学生，可在我们眼中，却是成年人了。他穿一身洗白的学生制服，胸前别一枚共产主义青年团团徽，手里握着一本卷起的书，这就使他具有了一种革命和思想的气质。他的神情很激动，上来便向窗前办公桌边的两名老师发出责问："你们学校究竟是怎样的阶级立场？我的妹妹，一个工人家庭子女，每天都要背资产阶级小孩上学、下学，你们竟然不制止！"他的妹妹，立在他身旁，头低到胸前，一头稀黄柔软的短发，完全遮住了脸。她分明是窘极了。两位老师镇定地看着他，此时，年龄和阅历起着作用，在某种程度上，制衡着革命的力量。老师问："你妹妹是哪个班级的？叫什么名字？"这问题听起来有些离题，可是却使激烈的事态略得以缓和。年轻人不耐烦却不得已作了回答，再回到原先的责问上："你们是什么立场？那资产阶级子女，又高又胖，要我们工人子女背着上学！"这问题重复一遍，就显出简单和幼稚，气势也削弱了。他恐怕也意识到了，气急地嚷："我要找校长，校长在哪里？"两位老师还是安静地看着他，说："校长去教育局开会了。""那么，我就去找教育局！"他嚷了这一句，转身气昂昂地走了。那妹妹头垂得更低，随了他快步走着，从围观的同学里走出去。两位老师目送他走远的身影，脸上没有任何表情，也没有说话。看他走出小学校簇拥吵嚷的天井，转过头，互相不看一眼，重又回到办公桌的作业本前，继续批改作业。

男生们

那时候，我们学校里的男生们，长得形形色色。他们就像那种小草鸡，毛刚长硬，却还没有长齐整，油脂又分泌不足，看上去便毛杂和枯，而且瘦。但精神抖抖的，绷紧着，似乎浑身长着触角，一遇情况，立时，毛乍起来。挺难看的，还不好惹，但是有性格。

其中有一类，是瘦小的个子，后脑勺很陡地凸起着，头有些尖，眼睛较小，却有着鹰隼的锐亮。这一类长相的男生，都很凶狠。他们走起路来，上身前倾，伸着脖子，蹙着眉，细瘦却结实的胳膊微微摇摆，打起架来，出手很有力，落点面积小，却有份量。他们通常不大爱说话，不太引人注目，学习成绩中等，可是，却令人不敢小视，令人感觉到某种威胁。

在那年代里，男生们都热衷室外的活动，所以，他们一律黑和瘦。记忆中，特别白皙的男生，我们班上大约只有一个，他就成了宠儿，经常被老师选中去少年宫给外宾献花，讲故事，表演相声。而与他搭档相声的那个，又是黑的了，且戴着一副近视眼镜，表情持重。像他这样学究气的男生照理是不大合适说相声的，但因为他言语流畅又风趣，所以就成了班级范围内的相声明星。那个白的是圆圆的脸，眉眼很细，比这一个会发噱。相形之下，这一个黑的反有了点行话里"阴噱"的意思，挺般配。

这一类白皙型孩子，多半是家中的宠儿，他们的乳名不是宝宝，就是囡囡，或者咪咪。男生们会起哄般地大叫其乳名，羞辱他们。为了雪耻，他们有时会表现得更加野蛮，在校园里狂奔，打人，吐唾沫，满头大汗，衣衫破碎。可到底实力欠缺，在男生堆里，只能做个小卒，成不了中坚。我们班上有一个咪咪，倒不白，黄皮肤，圆脸上有一双重睑很深、睫毛很长的眼睛，就像女生的眼睛。嘴呢，也像女生，下颌中间有一个浅涡，显得很甜。他是家中独子，上面几个姐姐，一同来宝贝他。甚至，家人还拜托了邻人中与他同班的女生，照顾他的学校生活。在这般宠爱底下，他多少有些低能，说话都有障碍，行动孤僻，同任何人不打拢。有一次，我到他住的弄堂找人玩，竟见他和姐姐们一起跳皮筋。跳皮筋是女生的游戏，男生是绝不可染指的。高年级时，有一日，学校组织去郊县劳动，劳动过后，大家又到附近的垃圾山上玩。垃圾山其实是一家钢铁厂的废料场，铁屑、铁砂、废钢、钢渣，堆积起连绵起伏的山脉。这是城市孩子所接触的自然。在垃圾山上爬上爬下，我们很快就成了一身黑的黑人。天也黑了，老师为把我们召集拢来，嘶哑了嗓子。在一九六五或者一九六六上半年，虽然没有开始"文化大革命"，可老师们的权威性已在削减。最后，点名，还是少了一人，便是那咪咪。大家先是漫山遍野地喊，然后去到派出所，借电话打到上海，请值班老师去他家看看，他会不会回家了，这虽然是不可能的事，可是，万一呢？过了半小时，回电来了，他真的到了家。他与同学失散，自己回去了。这一路车船跋涉，他怎么过来的？所以，在他几乎弱智的外表下，其实藏有着潜能。而且，他身上还藏有着钱，他富有远见的母亲早做好了安排。

男生里有一个人物值得一提。这是一名留级生，因肾病休学两年，然后到我们班就读。那年代，小学生里得肾病的不少。不管出于何种原因，留级生总归不光彩，到新班级第一天，都会遭到耻笑，然后眼泪哗哗地入座，从此，与比他们几乎矮一肩的小孩子共坐一堂。这一名男生的到场，情形却有些出人意料。他出自山东籍贯血缘的身量，使他看上去像个大人，照理是加倍的难堪，但很异样的，他有一种特别沉着的气质，使大家都怔着，等反应过来，他已走到座位坐定，耻笑的时机便过去了。他学习一般，可他是努力的，而且，他正直，从不欺负弱小。他也不像一般留级生那样或是卑微，或是暴戾，他渐渐在男生中树起了威信。有一日课外活动，男生们争不到打气筒给小足球充气，他竟然用嘴衔着充气孔吹气。眼见得他脸越涨越红，小足球一点一点鼓起，男生们乱叫着给他加油，在他魁伟的身体底下，这些小男生就像蚂蚱一样。在场的女生们则格外地沉默。终于足球充满了气，男生们欢呼着，拥了他冲出去，留下女生们在教室。此时，男女生的界限已逐渐分明，青春期悄悄来临。

女生们

　　女生里，多是那类小模小样、伶俐乖巧的受宠。她们在形象上，更显得天真。事实上，她们也要比个头大的敏捷灵活。入校不久，我们班上就有这样的一对女生，被合唱团老师选中。她们都是小巧的个子，圆脸，头发编成光洁的小辫，穿着鲜艳的衣裙，着实可爱。显然，老师有意要排一组二重唱。上音乐课，老师无心教大家唱歌，而专门替她俩练。其中的一个，嗓音真的很好，是那种甜脆的童声。另一个，却被老师挑剔了，说她高音发颤，有时音又不准等等。终于有一天，这位老师不耐烦了，叫她不要再唱，单给那女生里，多是那类小模小样、伶俐乖巧的受宠。她们在形象上，更显得天真。事实上，她们也要比个头大的敏捷灵活。

看社里的大肥猪

我们大多数人只看见过猪肉，没看见过猪，想到有一口猪在我们学校里，便很激动。

一个练。老师对她不客气的态度，使大家都有些难过。因像她这样娇嫩的女生，不该受这样粗暴的对待。

开始的时候，她真是样样好，学习好，纪律好，还有唱歌好。三八妇女节，让同学们扎纸花献给女老师，她的花出手便满堂生辉。那是用玻璃糖纸扎成的大花朵，系在夹竹桃枝条上，肥绿的叶衬托着剔透的花，可是瑰丽！明知道不会是她独立而为，一定得了妈妈或者姐姐的帮助，可同学们依然心悦诚服，谁让我们没有巧手的妈妈、姐姐呢？她是我们中间的天之骄子。在音乐老师那里的受挫，就好像是命运的预示，预示她开始走下坡路。到二三年级，她的学习就从一线退了下来，有几门课，甚至只能居中。还有几次，在课堂上，因回答不了老师提问而受窘。与此同时，她也显现出另一种素质，就是坚韧。无论遭到怎样的打击，她从来都不放弃努力。有几次，我与她一起做作业，看她在规定作业之外，还要将新学的课文完全背诵下来。我这才了解到，在她还算优异的成绩底下，是什么样的代价。她实在天资一般，脑子可说还有些笨，可她用功、要强、好胜，无论是受宠还是受挫，都没有使她变得尖刻或者怪僻。她不过稍稍有些容易生气，还有些多病。除此，一切都正常。

我们小学的最后一个学期，"文化大革命"开始，小学生虽然不参加运动，撑持了几日，最终是停课散学。在这之前，她已因肝病休养在家，此时，却传来，她患的原是肝癌。在六十年代中期，还不大听说过癌症，关于此症的说法，相当恐怖。这段日子，我几乎日日往她家跑，将我的儿童小说书，一叠一叠送去给她看。她的家非常逼仄，一铺大床占去三分之二房间，顶上是阁楼。我们就并排坐在床沿，面对着敞开的房门，门外是弄堂。那时的弄堂还不顶嘈杂，但也有人过往。我们静静地坐着，真切地感受到生活在被什么改变着。我们很要好，我眼中十分优越的她，从来没有冷落过我，从来没有因为我身高超过同龄人使得游戏的条件不平等，拒绝我参加。她总是带着我这个高出人一头、行动笨拙，因而自惭自卑的同学玩，由着别人喊：长子和矮子！

最后，她在我们下乡劳动的时候，病情恶化去世。那晚，我们中间的一个，做梦梦见了她，梦见她来到学校，与大家话别。小孩子真是梦准呢！她就是在那一日走的。据说，数年后，我们这一批人，无一幸免面临插队落户。她的母亲，不知出于欣慰还是什么的说了一句："我们霞萍要在，要和你们一样去下乡了。"少年夭折是令人痛惜不已的事情，而在我们班上，竟然还有一名女生早夭。由于这一点，我们这个班级，被老师牢牢地记忆着。

　　这也是一个小巧的女生，她不像前一个那么拔尖，这样争先。但不是她不能，而是不顶要。她其实挺骄人的，聪明，家境好，轻松对付所有功课，中上即止，课外还在学习钢琴。她口齿伶俐，多少有点刻薄，因太聪明了。她长一张阔嘴，有点像青蛙，因为活泼而显得格外生动。她们家所住的公寓，有一半是照相馆的暗房，走廊里便飘逸了显影水、定影水酸溜溜的气味，几个腰系围裙、臂戴袖套的男人在门内漫出来的暗红光里进出。这个照相馆的店堂就在弄外繁华的街面上，有一日，橱窗里摆出她与邻居小女友的合影，是照相馆的摄影师替她们照的。她们俩互挽着颈，站在一个高处，大约是楼顶平台，身后是一片天空。她们张开嘴纵情地大笑，快乐极了。她的去世很突然，猝不及防。下午她还向另一位女生出谜猜，一双手翻一翻，另一双手再翻一翻。她答应下午公布谜底就回了家，可下午她高烧昏迷，当晚在医院去世，被诊断为急性脑膜炎。

　　这都是美好的孩子，上天不舍得让她们在人间逗留太久，早早将她们收回去了。

奢望

猪

    我入小学的那一年，是一九六一年，一个饥饿的年代，人们都在四处找吃的。我们学校里养了一口猪。

    我们的学校在繁华的淮海路上，校舍分散在民居中，操场是在两条弄堂之间。在这一片里弄里，不知哪一个犄角里，就有着我们学校的一间房，或者一处空地。不晓得这口猪是养在什么地方。

    我们大多数人只看见过猪肉，没看见过猪，想到有一口猪在我们学校里，便很激动。我们知道，这口猪主要由一名校工负责喂养，大家都叫这名校工小弟伯伯。在我们那时候的年龄里，小弟伯伯几乎是个老人了，这个名字论起来有些不妥，但叫起来则很自然。这一类名字在我们那时候不算少，比如，还有小妹阿姨。显见得"小弟"、"小妹"是他们的小名，当他们还是真正的小弟和小妹时，从乡下出来，到了这地方，大约就没有离开过。于是，从小弟小妹到小弟阿哥和小妹阿姐，然后成了小弟伯伯、小妹阿姨。

　　小弟伯伯已经秃了头顶，周边还有一些头发。他长年住在学校，从来没见过他的家人。他脸色阴沉，从来不多话，当然也不笑。他对小孩没什么兴趣，从来不和我们搭讪，我们都有些怕他。另一个校工则不同，他是个老好好，成天笑眯眯的，很爱管我们的闲事。做值日时，他会过来教我们，如何顺了地板缝拖地，而不是横拖。他的家就在隔了几个号码的另一条弄堂，那条弄堂里，也有着我们小学校的学生。有一天，他的妻子擦玻璃窗时，失足从楼上摔下来，就是弄堂里的小学生飞跑去报告的。他跑回去，抚着妻子的身体就哭了。后来，他妻子的一条腿残了。倘若，那口猪是由他负责的，我们就有机会与猪接近了。

　　这口猪秘密地饲养在我们学校的某个角落里，我们甚至都没有听见过猪叫。各个班级轮流被安排从家中带泔脚到学校。这时节，各家的泔脚都十分稀薄，没有剩饭剩菜，因很少吃荤腥，洗肉洗鱼的油水也很少，其实，只剩下一些淘米水了。我们就用广口瓶装了淘米水，提到学校，交给老师。喝着淘米水长大的猪，能长出多少肉来呢？

高班的同学，曾被老师吩咐去菜场拾菜叶。捡拾回来的菜叶，他交给老师，依然没有看见那猪。

渐渐地，大家将那头猪给淡忘了。一段日子以后，有一天，一早到校，同学们就在传说，说今天杀猪！上午的课和平时一样过去了，下午的课也和平时一样过去。但到放学之后，气氛便少许不同了。各办公室的老师，略有些频繁地进出，走动，然后，就看见有老师神色庄重地端着搪瓷碗或者缸子，穿过弄堂，走回各自的办公室。食堂在哪个角落，也是不清楚的。碗和缸子里，盛着酱色很重、夹精夹肥的肋条肉。最终，我们还是没看见猪，只看见猪肉。

积木

那时候，儿童玩具中，积木是一个大项。所谓的积木就是大小形状各异的立体木块，每一个立体木块的六面中的一面，漆成鲜亮的颜色，其余几面均是白木的本色，以着色的面为正面，拼在盒子里，正好是一座房子的图案。这座房子，有简单的，亦有复杂的，罗马柱、花窗、拱顶、栏杆，那就是宫殿的形状了。无论大小繁简，积木盒子里都附有图纸，展示数种样式，指导拼搭积木。但是小朋友们很少会遵循指点，各人心中自有一套，这就是儿童想象力的自由性质了。一般自家玩的积木是这样。幼儿园里，还另有一种落地的大积木，在小孩子看来，体积可谓巨大，是在地板上堆垒拼搭。有一回，在老师带领下，全体动手，搭了一座房子——一周矮墙，开一面门，两根门柱顶上横一拱顶，门里有一张方桌、四把椅子，推举四名表现最好的小朋友进去用餐。我自觉不是最好，平素也默默无闻，却被选中作其中一名。坐在小房子的雅座，隔墙投来羡妒的眼光，那是大餐桌边的小朋友，照例是边吃边受教训，老师让他们向我们学习。

　　每一副积木，都免不了残缺的命运，很难保持完整。小孩子又大都完美主义，不能守残抱缺，而是一损俱损，总归全盘放弃，任抛任撒。每每在床底，橱底，沙发底，扫帚伸进一划，划出来一块或两块布了蛛网灰尘的积木，已经想不起它归属哪一副积木里了。这些残留的不同格式的积木，全放入一个小铁皮桶，装满一桶又一桶，兜底倾下，小山似一座。小孩子都贪多，就也能玩半天。新积木充满了诱惑，盒子里呈现出的完整图案，部件数量的丰裕，不同长宽比例的立方体，刺激着贪欲的心。而新奇材质与花样的积木源源不断地产出，比如，花窗不是用彩笔勾出窗棂，再描上几挂葡萄，而是真的镂空了；巴洛克式的立柱原先也是平面地描画，其时是旋成花瓶状，蛋糕样的重叠的底座，通体漆白；阳台的栅栏，是用细木条插进榫眼。有一副积木还包含四个小花盆，拇指大小且有边有沿的小花盆用一种不抛光的漆法，漆成瓦红的颜色，上面的盆栽用绿色的塑料做成草叶状。事实上，积木的发展进步是朝着具象的方向，这些具象的积木在拼搭中其实很受限制，它们只能在固定的位置，不可一物多用，某种程度上减损了想象力。于是，很快，它们失去了新鲜劲，落入失散的命运，七零八落地，归进小铁皮桶的积木堆里，消除了阶级差异，也清除了具象的差异，融入抽象。

　　我姐姐有一副基本保持完好的积木。我说"基本保持完好"，是因为它也有那么一点缺损，接下去就会谈到。现在分析，之所以能基本完好，一半是因为这是一副豪华的积木，它件数特别多，体积也较大，立方体的形状并没什么离奇，但长、宽、厚的比例略有不同，于是面貌大异。它有两只葫芦状的顶缀，那葫芦肚腹浑圆，坐放稳定，但一点不妨碍它的精致，葫芦腰、葫芦尖，轮廓都很清晰。然而，事实上，不久它就遗失了一只，剩下单独的一只。但我姐姐并没有因此而采取放弃的态度，她依然坚持维护这副积木，这就要涉及另一半原因了，那就是她已经长到较为理性的年龄，有了一定的自制力，并且，懂得惜物了。同时，她的想象力也在发展，这表现在她用这副积木创造出一个不同寻常的节目，就是演剧。情形是这样的，将积木的盒子反扣在桌面上，做成一个舞台。舞台正面两侧，各立一根台柱。再说一次：这副积木的体积要比一般的大。每一根台柱由三块积木搭成，底座的一块是钢蓝色，长宽比例接近黄金分割的立方块，上面竖一根长积木，再搭一块正方体，然后用一块手帕搭在台柱作幕布。用什么来固定"幕布"呢？宝葫芦，我们这么称呼葫芦形的顶缀。遗憾的是，少了一个宝葫芦，上天入地搜寻而不得，另一头只能用我的小花盆将就。"幕布"后面，积木搭成满堂布景。演出的剧目，最重点的是《灰姑娘》，这就又要涉及另一桩游戏，玻璃糖纸人。将一张玻璃糖纸捋平，折成细裥，压平，成小小的一束，在三分之二的地方打一个结。

这一个结很关键，手巧手不巧，做出来的姑娘窈窕不窈窕，就看这个结。打好结，短的一头撕成三片，中间是头，两边是手臂；长的一头拉开撑起，撑直酒杯状，于是，一个穿了鲸鱼骨撑曳地长裙的西洋美人立起来了，《灰姑娘》里的女主角就由她来担任。那么王子呢？说到王子，不得不再引出一段伤心事。我姐姐曾经亲手做了个小布娃娃，紫花布缝成人形的布口袋，饱饱地塞进棉花，难得这手指头长短的小人竟十分匀称，它就是王子。玻璃糖纸的纤纤淑女中间，王子胖鼓鼓的，而且站不太住，必须用手扶着，一松手就倒在地上。当我姐姐的手忙着调度其他角色的时候，他就仰天躺着等待他的情节。不久，王子也丢失了。王子的丢失挺蹊跷，就好像在众人的眼皮底下不见了，也是上天入地搜寻，踪影全消。从此，王子就只能由一块扁平的积木作替身，可是也没有影响演剧和观剧的热情。常常是，我姐姐在这边搭台，我就到那边去吆喝，喊来邻家的小孩子，坐成一排，眼巴巴等着揭开幕布，开演。

积木这一件玩具在我姐姐手下，演绎出了新意，其实暗示着我姐姐开始从儿童走向少女，她的趣味悄然发生变化。而我，与姐姐成长的方式不同，如她这样的嬗变似乎一直没有降临到我身上，我的成长在一个长久的时间里，坚持以数量的累积进行。就是说量变的过程很长，而质变姗姗来迟。这么说吧，我的口味始终在积木上，不过是从小盒进到大盒，少的到多的，简单的到复杂的。随了不断增添又不断缺损，我的散装积木越来越多，从铁皮桶移到篮子里，最终全部倾倒在一个大纸箱，就像量变的证明。也许我就是拥有这么一种成长缓慢的人性，需要有超出常规的共同性的积累才可有飞跃。在我的童年玩具里看不到有趣味的长进，事实上，我已经过了需要玩具的年龄，可我依然还需要，依然没有长性，今天当作宝，明天就是草。直到那一副积木出现在我们街角文具店的橱窗里，事情方才呈现改观的征兆。

这一副积木不是在玩具商店的橱窗，而是在文具店，这就使它的身份变得可疑。很可能，它并不是真正的玩具，而是带有教学用途的模具，类似航模。这一副积木是本木的颜色，没有上漆，这也接近航模。

而且它的规模之大，远远超过了儿童玩具。它几乎铺
陈了一面橱窗，构成一座完整的建筑——中苏人民友
好大厦。中苏人民友好大厦是这城市的新建筑，诞生
在共和国初创，与国际共产主义运动先驱苏联友好时
期。于是，它体现了俄罗斯的建筑风格，那是与欧洲
文化同宗同源的。要说这城市里不乏欧式建筑，那是
在殖民地时代留下的——沿江一带各类古典主义或新
古典主义连成的巨型屏障，或者散落在市区里面、维
多利亚风味的小楼，还有法国式的浪漫旖旎花园，再
有天主教堂，基督教礼拜堂，东正教堂，甚至于犹太教
堂，几乎可称为万国建筑博览会。但这一幢大厦依然
有着它的特殊性，不只出自文化艺术的意义，更来源
于国家、体制、政治一系列概念，它象征着权力。它
占地很广，楼体稳重，宽大的回廊以罗马柱支撑，将
东西两翼及副楼偏厦一统连成整体，主楼之上的楼层，
每一层收进一圈，形成塔状，最高的塔尖直插天空，
顶上是一颗鲜红的五角星，到夜晚时分，便放射光芒。
我敢说，在这城市任何一隅，都可看见夜幕前的红星。
在工农政权的朴素风尚下，这一座新建筑，很奇异地

持有着异域情调，这和它所示好的那个国度——苏联有关。在它对面，就是一座典型的新政权风格的建筑——延安饭店。它四方形，横平竖直，简单而堂皇，散发出新朝开元的轩朗气象，又多少有些缺乏格调，因是方才破除旧世界，新世界尚未建起，正处于草创阶段。

其时，这副积木，以无数倍缩小的体积，比例精确，无一细节遗漏，呈现在这面橱窗里。由于它的本木颜色，就好像是那建筑的一个坯子，可唯其如此，才显其庄严，它以色彩的肃穆感抵消了体量的不足。那一列列罗马柱，稳定牢靠地承负着楼体的压力。它尽管体量不足，可仍然给人真切的重力感，同样的，那层层收小的楼塔有效地将这重力感举起来，升上去，最后，轻盈直入高端。它甚至比真实的中苏人民友好大厦更雄伟，因为纵观全局。我站在橱窗前，看着它，我不知道这只是一个布置和展览，还是说，它真的是供出售，可能为人买下，因而拥有。

这个文具店就在我们家所住的街上，甚至不是同一条街的马路对面，放了学，我往我们家的相反方向走上几十米，就到了它跟前，看一会儿，再回家。有几次，正上着课，我忽然想到：它还在不在？会不会被某一个幸运的小孩买下带走？虽然它不顶像玩具，可我还是以为买下带走它的人一定是小孩。或者，橱窗换了布置，于是，这一副积木被撤下来。一等放学，我就急煎煎地跑到文具店橱窗前，它还在！没有人买走它。但是，很可能文具店里远不止这一副，而是有好几副。这么想，一点安慰不了人，只会使心情焦虑，因为想到可能已经有人拥有它，同时，它正在一副一副地少下去，最后，倾售一空。最好是，它不供出售，不归任何人，就放在橱窗里，大家看看。可是，就在这时，我看见了它的售价，这价格虽在我意料中，却还是让心往下一沉。我无法与我妈妈说，我要它，这实在太奢侈，奢侈到不真实的地步。

星期六的晚上，爸爸妈妈带我们去看第四场电影。第四场电影供那些真正懂得欣赏电影的观众观看，晚上八点钟，大多数人已经就寝或准备就寝，而电影院里刚刚开映，它带有夜生活的余韵。我照例因为被允许晚睡而亢奋不已，然后在灯光黑下来，片头音乐响起的时候入眠，一觉睡到电影结束。蒙眬中睁开眼睛，眼前晃动着无数人脸。奇怪的是，这些人脸并不显得比我清醒，也像是方才从睡眠中醒来，神色恍惚，行动迟缓。走出电影院，头脑清明起来，大街上寥无人影，路灯寂寂地照着柏油路面，店铺都关门了，橱窗被铁丝篱墙网着，这种铁丝篱墙的图案很像是十字相交处被一只小手握住，握成一个小拳头。过一条横街，走过街角的文具店，在一列列小拳头拉起的网格里面，静静地立着那一座缩小了的中苏人民友好大厦，它并不是缩小，而是在远焦距里。从夜间马路折过来一些光，投向它，通过廊柱，延进塔楼的内部。它原来是深邃的，深进橱窗的背景，那里应该是又一条林荫大道。这座巨型建筑，占据了一整个街区。

　　我想，是我的好朋友得了生日礼物这件事鼓动了我，让我终于向妈妈开口索讨礼物。我的好朋友、同班同学，在她生日这一天，得到一套木器家具，这套家具可供布置一个中产阶级家庭讲究的卧房和客厅：双人大床，床头柜，五斗橱，大衣橱，梳妆台，餐桌，六把椅子，碗橱，一应俱全，所有的橱门都可推拉，抽屉也可推拉，大衣橱上镶着穿衣镜，梳妆台上也镶着镜子，碗橱上镶的是纱门。家具的风格是欧洲古典的洛可可式，白漆面，卷边，涡形脚，弯曲的轮廓线。家具也是缩小无数倍的，一张床大约和火柴盒一般大小，以此类推，你大概就可以知道它们的尺寸以及精致程度了。对于一个孩子既不是十岁，也不是十五岁，只是十二岁的普通生日，这一件礼物无疑是奢侈了。老实说，这副玩具家具也不像是供小孩玩的，它更像是闺阁中人对未来家庭的向往，它实在太逼真了。可是，像我们这样，十一二岁的人，什么才是我们的玩具呢？我们也总得玩点什么吧！这类玩具，其实从某方面暗喻着成长的性质，那就是从想象世界走向现实世界。不论怎么说，这件礼物在奢侈程度上激励了我，也许，几个月以后的我的生日，我也有权利得到稍微过分一些的款待。

我向母亲开口了，并且，我邀请母亲同我一起前去参观。母亲的反应出乎我的意料，她很冷静，没有指责我有非分之想，然后我想极力声明我的喜爱程度以及我拥有礼物的理由，再回顾历来所遭受的不公平，指责他们总是重视姐姐不重视我，继而是哭泣，哭泣过后是怄气，不吃饭或者少吃饭。在此过程中，母亲将逐步认识到一个事实，那就是我非得把这副积木搞到手。可是事情没有按常规开头，就也不能按常规向下走，它将怎样结束呢？我母亲说，她也已经注意到这副积木了，她同样也很喜爱，真是巧夺天工啊！她合作的态度不知怎么并没给我希望，反而令人不安，但这副积木如此不同寻常，围绕它发生的一切也一定不同寻常。我母亲接着说，其实她也考虑要送我一副，只是，要在一个特别的时刻。"生日？"我提醒她，她却摇摇头，说："等你考上中学，考上上海中学！"上海中学是这城市录取分数线第一位的中学，全市排列第一。这时候，我开始怀疑母亲是否真的看见过那副积木，她所以这么说，只是为了鞭策我。我姐姐，那个用积木搭台演出《灰姑娘》的人，中考失利，无奈就读于一所区级中学。事情过去一年多，母亲还不能认命服输，她要将姐姐丢掉的分在我身上找回来。

　　应该说，母亲慷慨地应允了我，只是附带了条件，这条件令我不堪重负。接下来的日子，我还是经常光顾那副积木，它盘踞在那面橱窗里，与我隔了橱窗玻璃，犹如天人两隔。它对我逐渐减退了魅力，它不再是单纯地引动一个孩子的欲望，而是带着一种勒索，扼杀着孩子的向往。本来这向往也不一定能实现，现在倒是可能实现了，但需要付出努力，这努力很具体，具体到阻断幻想。渐渐地，我对它的热情淡漠下来，我疏于光顾它了。它离我越来越远，终远成渺茫。同时，生活中涌起着更加令人激动的情绪，一个颠覆性的变化降临，那就是"文化大革命"。大、中、小学校一概停课停考，母亲委我的重任自行解除，至于积木，自然按下不提。在此大时代之下，一副积木算得上什么呢？它声色全无，不知何时消失，我再也没有看见它。

　　我再没有看见它，有时候，它会在我脑海里浮起，然后湮灭，就像海市蜃楼。它只是一个玩具，一个儿童与少年之间年龄阶段的、似是而非的玩具。它对于儿童过于奢侈了，对于少年人来说，又有些幼稚，它就像专门针对这么一个尴尬的年龄段。于我，且是一个休止符样的标志，它结束了我对于积木这一样儿童玩具的单调的兴趣，也结束了我的童年，之后是始料未及的严肃的成长日子。生活，尤其是大时代里的生活，是如何跃动不安，如许多的大事小事，它们就像流沙，推涌过来，推涌过去，掩埋着许多印象，有时候，露出一角；有时候，完全看不见。还有时候，看是看见了，心里却满是狐疑，难道真有过这样的情形吗？印象变得绰约起来，完全可能这只是一种想象，对逝去的生活的想象，由于人生的种种困难，夸大了以往岁月的色彩。在那倏忽而去的一瞬，它栩栩如生，它显得如此立体，回廊深邃地贯通楼体。只有我，看见它，隔了越来越漫长的日子，我与它遥遥相望。

有一次，我生病住院，同屋的病友是一位建筑工程师，在她年轻的时候，跟随苏联专家，参加了中苏人民友好大厦的设计。作为一名新手，她只能描一些壁上的花饰什么的图纸，但毕竟亲历其中。她时常与我回忆这段往事——带着幸福的表情。于是我也记起我的往事，关于中苏人民友好大厦的积木。她入神又茫然地听我描述，显然从来不知道有它的存在。像她这样一个专业工作者，过着象牙塔的生活，世俗社会于她是另外的世界。她终身和楼体啊，结构啊，钢筋啊，混凝土啊打交道，事关国民生计，建筑于她是严肃的事情，那种模型积木怎么能入她的眼，模拟越像越可能被她视作轻薄。就这样，似乎除了我，没有人看见过它，我的记忆没有旁证，不免堕入虚空。可是，不期然间，它却出现了。

一日午后，同事们聊天，不知由何话题牵引，其中一名说起他少年时候，曾获有一份礼物，是一位曾受惠于他们家的亲戚，远道而来赠送给他，是什么呢？就是它，中苏人民友好大厦的积木。这真是有些像诗词中写的："众里寻他千百度，蓦然回首，那人却在灯火阑珊处。"这位同事与我至少共事十七八年，平素里也有许多交道和谈话，却从没谈及此话题。许多言语就像没有河床的漫流的水，任意蜿蜒，辐射四面八方，而在深处，却潜在着既定方向，经过曲折，不确定，充满变数的流程，不知在哪一个契机，抵达目的地。我向他打听这副积木的颜色、体积、价格，以及他获赠的年代，都与我的记忆相符。这位同事为强调他的话属实，说积木至今还在。当我要求看上一看的时候，他则变了口径，说在他母亲处，他母亲将它锁在橱里。他说他从来没有痛快地玩过，那时候，每到星期天和节假日，母亲才拿出来让他玩一玩，随后又收进去，一直到现在还锁在橱里。这话让人半信半疑，但也从另一方面，证实了它的宝贵。不管怎么样，总归，有了旁证，证明这城市曾经有过这样一副积木，至少有一个小孩子得到过它。所有的伴随它发生的激动，喜悦，以及大人的勒索，最后的淡漠和疏离，全都发生过，发生在另一个小孩子即将长成少年人的关隘里。

　　一大堆的问题涌上来，我问这位同事，那些廊柱，栅栏，阳台，是否用了榫和楔。他回答不是，没有榫和楔，就是搭起来。那么，我又提出新的问题：它们如何能够稳定？于是他说出了关于这积木的一个秘密，类似于隐私的性质。他说："你知道，所有的楼体都是相对完整的一条或者一座，只须将楼体与楼体搭起来就成了，但因为建筑的规模大，并且无一省略，所以积木的部件有近百件之多，等全部拆卸装箱，是宽、高、厚各三十公分的一方。"这令我大为惊讶，原来，这座模型是以半成品组合，犹如现今的预制件板块，严格地谈，它已经离开了积木的本意，是一件摆设。它的神秘性不由得在减退。我停了一会儿，提出最后一个问题，关于那颗红星，永远不熄灭地照耀着这城市的夜晚。我登上楼梯，站在三楼过道的窗口，就看见它，神秘地向我眨眼睛。这颗星，在积木里是什么颜色？又是用什么材料做成？答案是，整座建筑全是木头，在木头的塔尖，顶着的是一颗金色木头的五角星。就此，关于这副积木的所有秘密，我一网打尽。我在想象中将它搭起来，一座微型的、逼真的大厦，如此完整无缺，结构稳定，从记忆的隧道深处退去，退去，一径退去。戛然而止的童年，忽续接上尾音，渐弱，渐弱，于无声处。

　　事实上，这座建筑早已称不上宏伟，前后左右，高楼林立，它简直成一个洼地。高架道路横在它的半腰，车辆飞驶，那塔上的红星从车窗前掠过，就像流萤，而灯光交互，如群星错乱，倾盆而下。早在苏联解体、国际冷战结束的多年之前，中国与苏联交恶时，它就已更名，叫作"上海展览中心"。

冰

从前，一般家庭里都没有冰箱，而小孩子又都喜欢吃冰。棒冰是四分钱一支，我们常常把争取来吃雪糕的八分钱，分作两半，吃两根棒冰。夏季，我们这条街上，与弄口隔几家店面的熟食店，此时兼卖冰西瓜。大正午的，我们顶着一头的蝉鸣，拿一个搪瓷碗，走去买冰西瓜。冰西瓜切成一瓤一瓤，放在案上，不知是如何保持它的低温的。盛在碗里，再匆匆往回赶，赶到家，坐定，咬一口，真是沁凉入骨啊！那时候的夏天似乎还没有现在溽热。我们那条街呢，又被悬铃木遮了天，浓荫满地。

放大的时间

　　邻家，是一户资产者。所谓资产者，在五十年代初，亦就是吃定息生活而已。但他们的生活，与一般市民相比，依然是奢华的。他们家有冰箱。他家孙辈的女孩子，与我们差不多年岁。暑假里有一日，她让我们候在后弄，然后跑回家。过了一时，只见她飞快地冲出门来，手里捧一叠湿毛巾，到我们面前，将毛巾展开，忽地扑在我们脸上。那个凉啊！大暑天的，都要打起抖来，实在舒服。

　　我家的老保姆，有一段时期，转到另一广东人家帮佣。但她喜欢我，还是常回来看我，带我去她新东家家里玩。她的新东家是一位沪上老住户，家庭殷实。这家有三个女孩，在我年龄上下，我们就成了玩伴。她们家也有冰箱。可是，不知为什么，她们并不去冰箱里冰西瓜，做棒冰，或者用冰毛巾揩脸。她们坐在冰箱前边的餐桌上吃饭，对那冰箱视而不见，显得格外矜持。

　　后来，我的一位表姐，分配在一个冷库工作。这样的冷库，在我们那条街上也有一个。在两幅巨型广告牌之间，有一扇大铁门。时常地，铁门敞开，门口坐两个男人，在大暑天里，穿了蓝色的棉大衣，还袖着手，说说笑笑。这样子十分奇怪，又令人神往。我表姐就是在这样的一个冷库里做会计工作。她颇为显摆地告诉我们，在那里，冰水、冰块，是随意可取食的，甚至，竟然，她用冰水泡泡饭吃。宝贵的冰就这样被她无情地挥霍着，既叫人痛惜，又叫人嫉妒。

而有一次我们竟然还品尝了冰！那是更早些时候，五十年代末期或者六十年代初期。我母亲与一位老作家罗洪先生在上海作家协会共事，由什么话题扯到了冰箱，大约是说家中两个女儿特别贪馋冷饮。一个夏天的傍晚，正准备吃晚饭，忽然间，罗洪先生来了。至今还记得她穿一件素色旗袍，腋下夹一个皮包，怀里抱一卷毛巾毯，乘一架三轮车，来到我家。她疾步走进房间，将毛巾卷放在桌上，打开，里面裹着一个铁盒，铁盒里是冰块。她让妈妈拿一只大碗过来，将铁盒如何地一撬，一拔，冰块哗啷啷地倾进碗中，满满的一碗。她连坐都不肯坐，说让孩子们吃冰吧，转身出了房间，乘上方才送她来的三轮车，走了。我们来不及目送她在弄堂拐角处消失的背影，赶紧奔回家，扑向那碗冰。吃冰的气氛就是这样紧张。

　　这些冰块呈正方形略带梯状，它们非常坚硬，简直无从下嘴。我们的牙齿在冰凉光滑的冰面上，滑来滑去。最后，是用刀把它击碎，拌着切碎的西瓜，还有，泡在果子露里，再有，绿豆汤，甚至，和着棒冰，冰上加冰地吃。有那样枣核大小的，便含在嘴里，一边吃饼干、糖果，使进口的一切都变成冰镇的。这碗冰块被我们吃出百般花样，而且，它并不那么容易融化，足够等待我们一个节目接一个节目地享用。后来，那位在冷库工作的表姐告诉我们，我们平时吃的棒冰是机制冰，剖开来，可见一丝一丝，木纹一样的组成。而冰箱里直接出来的，则是原始的冰，就像石头。事实上，比石头更加坚硬，质地紧密。

纸

　　那时候，我们都十分钟爱洁白的纸。每到年末，要将旧台历换成新台历，这一刻便很重大。我妈妈从台历架上卸下用完的台历，将此分成平均的两半。我和姐姐都是计较的人，谁都不肯让谁。照理，台历共有三百六十五张，必有人多一张或少一张。可因为对母亲的公正绝对信赖，并没有人提出这样精明的置疑。所以，分配总是顺利地进行着，分成两半，然后在纸上插卸台历架的两个孔里，系上扎鞋底的白线绳，两个厚墩墩的本子就做成了。

　　这时的台历纸，都是好纸，克数挺重的。而且，除去日期历法的两行字，其余均是空白，专留给记事。不像现在，或是印上一则拙劣的笑话，或是似是而非的保健秘诀，抑或，是一篇菜谱。纸质亦很恶劣，薄而且脆。那时可不是，我们这本本子，纸张白而且滑，是特殊的开本，而且厚呀！显得特别富足的样子，带到学校里去，很招来羡嫉的眼光。因为，大多数的家庭，用的是日历，过一天撕一张。那纸还算有韧劲，可是薄得很，而且，字又写得大，占了满满一面，透到反面，很难派上什么用处了。

中学里，男朋友写情信，用的是一种略黄、略透明，有些类似蜡纸的质地，却坚韧得多，十分光滑挺括的纸。不知他是从哪里得到的。因他的母亲在银行工作，我甚至猜测这是印纸币的纸。其实，银行与造币完全是两码事。这纸给我留下极强烈的印象，几乎压倒了纸上的内容。这也就是那个时代的物质主义，一点小小的利欲心。

几乎每个年级里，都会有个把小偷，要问他们偷什么，其中大多有一项：偷纸头。对于一个读小学的孩子来说，纸，自然是一项重要的资财了。我们班上就有这么一个"小偷"。

　　大约是二年级的时候，有一次我在妈妈的抽屉里发现了一种本子，其实就是便条本，脊背上是胶封，可一张一张整齐地揭下来。那纸是炫目的白，光滑极了，质地又紧，开本是窄条的六十四开，纸边切得很齐，厚厚的一本，托在手里，不像本子，像一块玉石。我向妈妈要，她不给，再要，再不给。一向依从我的无赖脾气的妈妈，这一回却变得如此不肯通融，更使这本子增添了价值。后来，妈妈被我缠不过，只得和我谈条件。她拿了一张信纸本的封面，说："你要能将这幅画画下来，我就给你。"这是一张彩色街景照片，上面有一座大厦，底下是绿树、街道。这实在是过分了，我哪里具备这等技术。于是，妈妈很得意地将这本子收进抽屉，任我打滚啼哭都不理睬。

　　就是这个宝贝本子，有一天却出现在我们班上一个同学的书包里。这个女孩子是我们班上最优越的孩子，聪明漂亮，家境富裕，所以，也很骄傲。她拥有这样的本子并不令人意外，只不过，她也太过幸运了。看起来，她自己也为这笔财富有些不安，她将它藏在书包里，没在上面写一个字，只是有时候，拿出来看一眼，然后飞快地再放进书包。可就在这一刹那，有一双眼睛瞅住了它。这一天，当她再取出来看时，发现它只剩下薄薄的小半本了，眼泪立刻掉了下来。这一桩偷窃使我们全班都激动起来，还不只是偷窃，而且，竟敢、竟敢将它拆毁了。教室里简直像开了锅，老师立刻来到现场。

没有任何的线索，怀疑却一致指向一位同学。这也是一名女生，一切都与前一位相反：家境贫寒，学习差劣，甚至有些愚笨；长得呢，很一般，可是却也很喜欢出怪呢！有一日，她梳得油光水滑的两条辫子上，一共系了四个蝴蝶结。偏她这天倒霉，没交作业，老师就骂她："头梳得这样漂亮有什么用？"就是这么一个不幸的人，还有着偷窃的恶习。曾有一次，她偷了同桌的半张油面饼，藏在了贴身的衣袋里，被老师搜出来。这一回，老师采用了同样粗暴而有效的手法。果然，在她的书包里，搜出来了。

本子，已经被揭开，揭成一小叠一小叠的，零落地夹在课本和作业本里。全部收齐，归还给失主，已不再是一个完整的本子，而是一叠散纸。纸边参差不齐，其中一些明显有了污迹。大家痛惜地看着，这个偷儿，践踏了我们众人的心。

厨房

　　我还记得那间厨房里的地板，这是整幢房子里最肥沃的地方。奇怪的是，应该肥沃的，房子前面，朝南的小院子却是枯瘦的。灰白的地皮，掘不到两公分，就是破砖烂瓦碎石头，它们拱着地皮，使其嶙峋不平。除了一些车前子和狗尾巴草，它再长不出什么。昆虫呢，只有一种，瓦灰色的干瘪的西瓜虫。小院子反是这里最贫瘠的地方，而厨房，却很丰饶。地板最初一定是上过漆色的，此时全叫油腻糊住。要是几家合力用碱水刷洗过，它暂时地呈现出一种惨白，结果是，更深而彻底地吸进油腻。再刷碱水，再吸油腻，这就合了油漆的原理和工序，地板完全成了油腻的颜色，一种肥沃的灰黑，它简直要长出东西来了！它果然是长出了些东西。在墙根——假如能够挪开煤气灶、菜橱、桌子以及瓶瓶罐罐，露出墙根，就可看见那里长着一种黑色的植物，它的名字叫作"霉"。这里的动物品种就多了，老鼠、蟑螂、壁虎、蜘蛛、蚰蜒、蚂蚁，也有西瓜虫，但这里的西瓜虫比前面院子里的要肥硕和丰润，它们湿漉漉的；有不定期到来的猫，那都是野猫，过着居无定所的生活，时而来，时而走；还有人看见过一只黄鼠狼，神秘地露了一下面，就再看不见了。厨房就像一个动物园。它们彼此相克，比如猫吃老鼠，壁虎和蜘蛛吃虫子，可这就是生物链啊！总的来说，厨房里的生态十分活跃。在某个季节，气候特别干爽，空气又十分明澈，午后三时左右，太阳从后门照进厨房，这一刻，厨房里往往没有人。烧晚饭的时候没到，小孩子又没有放学，阳光一下子将厨房照亮。地板呈现出一种油色，黄蜡蜡的，缝是油黑的，地板面上的木纹和裂隙也是油黑的，上面一只三条腿的板凳，是本木的白。厨房突然鲜丽起来，几乎是夺目的。光线稍一转移，那些爽利的线条和块面又毛出一层绒头，变得有些绰约，因而生动起来。然后，噪声起来。

　　我再也无从知道那个奶妈是何方人氏，姓甚名谁，即使在小孩子的年龄来看，她也是年轻的。她身子结实匀称，面色红润，梳一对黑亮亮的辫子，直垂到腰间。她的衣裤是一种鲜艳的毛蓝，搭襻布鞋。除了奶那个女婴，她还要搭伴着做一些杂事。我总是看见她背着门，面朝里，在砧板上切菜。无论切什么，她都会从刀下拾起一块填进嘴里，同时回身张望一眼，是以为有人看她吗？这种习惯不知源于怎么样的生活经历，也无从考证了。她所哺乳的那个女婴通常是睡在一个木头小床上，四面围着栅栏的小床被她挟在胳膊底下，随身带着。下午，小孩子们都放学回家，壅塞在弄堂里的时候，奶妈就将小床停放在后门口，自然就会有小孩子过来看女婴，逗她，甚至大胆地将她抱出木床，走来走去。就好像是一次换工，她借给全弄堂的小孩子一个大玩具，全弄堂的孩子则负起照护女婴的责任。免不了会有摔着女婴的，婴儿没怎么哭，那孩子先吓得哭起来。其实没有人会责备她，或是他，在多子女的年代里，孩子都是这么摔摔掼掼长起来的。

是记忆模糊了，还是事实如此？那奶妈在印象中是颟顸的。时间久远的人和事都有一种颟顸的表情，就像从旧胶片上放映出来的老电影，反应迟钝，有个时间差。那奶妈拥着女婴而坐，听凭她拱着她的乳房吸吮奶水。看不出来她对这女婴的态度，是有些亲，还是相反，憎恨她吸去了本该是她孩子的奶水。但她显然不会是有着强烈感情的女人，她只是年轻，这样的年轻，身心里总会积蓄和汹涌着一种能量，这就使她的沉默有了重力。担任这家主要家务，包括监管她的，是女婴的祖母。照理已经是多年媳妇熬成婆的年纪了，可是上面的婆婆还健在，媳妇们呢，都是现代的独立的女性，有自己的收入，所以，这祖母就一直屈抑着，也是沉默的。但这祖母却有着意想不到的幽默感，这表现在，当人们说话，她适时发出会心的微笑。这微笑流露出的还不只是幽默，还有一种秉性，敦厚的秉性，这让她能够消受别人的智慧。她说是东家，实际要比奶妈辛苦，买菜，收拾，烧饭，洗衣，而奶妈大部分时间是坐着，哺乳怀里的女婴。等家务暂告段落，有一时的空闲，祖母也终于坐定下来，就坐在奶妈身边。她的神情，即便隔了岁月，依然是比奶妈灵敏，灵敏于各种感受，这是由阅历决定的。于是，她的身形就有了些微的轮廓，破开岁月的氤氲。而奶妈是一片空洞，这空洞将在某个时候变得深邃，以后会谈到这一点。

这一老一少，一主一仆并排坐在小凳子上，听谁说话呢？听那个帮佣的女人说话。这个女人是厨房里的精英，她只要开言，大人小孩必听无疑。从现在往那时候推溯，她其实还不到三十，至多三十，可在那个时代，却是一个成熟的年龄。她的见识呀，简直丰富得没法说，虽然一点也无从考证，可就她说话的威仪来看，没什么可说的！她的脸很清晰，在整个混沌的景象中，唯有这张脸，是以肯定的线条勾勒的，也因此变得平面，而其他的印象倒是有一些立体的效果，比如奶妈，因为有影调。也因为此，她变得尖锐了。她的眼睛，有着明显的双脸，鼻子有些窄，鼻梁这里因为常常是收紧的，就有了一道竖纹，嘴唇是单薄的，因而使笔触更加锋利。她单身未婚，对于一个帮佣的人，这似乎有些过于摩登了，可是在她，这又理所当然，有哪个男人敢娶她呢？在她们的阶层里，那种传统的婚配，不外是乡下老家的男人，或者杨树浦的也是同乡的工人，显然不适合她。那么，找一个职员，可是谁听说过职员的太太是帮佣的？于是，不结婚也罢。由于是她，完全有权利过这么一种特殊的人生。她所服侍的东家是一对没有儿女的夫妇，这就像配好了的，她也不必和小孩子打交道。小孩子总是不洁的，屎啊尿啊，还有乳臭啊！就像那个奶妈，她的身上永远散发出这些气味，而这个女人，冰清玉洁。她的用物，我说是"她"的用物，而不是她东家的，都是单独分出来。碗是镶金边的，筷子镶的是银箔。不知她是怀着怎样的心情积攒起她的财物，在这拥挤、油腻，而且嘈杂的厨房里，要收藏它们，不那么容易。它们实在太精致了，而公用厨房是粗粝的，什么都没有，地板上撬起来的铁钉子都会绊你一个大跟头，就像地里的老树根。她的碗具上的金边银片，还有温润的细瓷，波光粼粼穿行在时间的黑暗隧道。

　　因为她，这间厨房里会有一些贵客造访，那多是隔壁门牌号码里的主妇，总是向她请教某种菜肴如何制作，某种衣物如何洗涤，甚至于，还有一个主妇，很信任地将小孩子交到她手里，请她刮痧。要知道，她其实并没有生养孩子的经验，大概唯其因此，才下得了手。只见她将小孩子翻倒，挂在膝上，这时，不易觉察地，她的身子向后仰了仰，为了避开小孩子身上汗、尿、乳、还有眼泪交织成又发了酵的酸臭味。然后，她很镇定地将一枚分币在一碗水里蘸蘸，就像刮鱼鳞一般在小孩子的背上刮去。由这些交道生出了交情，邻家主妇们就有时候并不为什么事，而是专门过来与她闲话。她们使这间厨房蓬荜生辉。

　　完全是与她相对而设的，厨房里另一位成员，也是帮佣的女人，质地特别柔软。你甚至会惊异，这样柔软的质地如何还能在这一片混沌中占位，似乎轮廓的每一条边线都有被吞噬湮没的危险，而它却依然存在着。这说明它的韧劲，颇有弹性。这是以圆为单位而组合的占位，有些像太极，含而不露，用的是内功。她是记忆中最昏晦的一块，许多暧昧从她这里生出。

她从很年轻的时候就守寡，已经度过长久的没有男人的日子，可是奇怪的是，她比那个年轻健硕、奶汁像是从熟透的浆果里迸流着的奶妈，更具有情欲的气息，这也就是暧昧所在。这柔软的质地同时还是湿润的，就有些幽微的光悄然挥洒出来，这里亮一点，那里亮一点。她在厨房所占据的位置是后窗侧边，后窗底下是一具水斗，光线就斜着照亮了她的侧面。由于窗玻璃上蒙了油垢，像结了一层乳胶般的霜，光就也是暧昧的。这一个存在于记忆中的位置最微妙了，它不像那一个精英女佣的清晰和锐利，它浑圆的形状很容易和周边环境混为一谈，于是就有了一种游动的不确定的性质，可它就是不消失。很像是水银，打散了，碎成齑粉，一旦聚拢一起，又是完整的一颗，一丁点不缺。那精英女佣是焊得很牢的一个整体，这却是由细枝末节合成，就变得很是黏腻缠绵。

方才说的，厨房里露过一回面的黄鼠狼，就是被她看见。她大惊失色，随后流下眼泪。在她们的乡俗看来，黄鼠狼是不吉祥的动物，谁看见谁就遭厄运。所以，她不让人们提起她看见黄鼠狼这件事。可偏偏有些调皮的孩子，冷不防冲她喊一声"黄鼠狼来了"，她愠怒的表情并不让人骇怕，这就是她和那一位帮佣的女人不同之处，那一位不怒而威。小孩子其实对事物的质地最了解，他们代表人类的本能，所以他们就选中这一个来欺负。小孩子并不为她吓退，继续玩着这个残酷的游戏，还扮演着黄鼠狼从她跟前蹿过，这一回喊的是"我是黄鼠狼"！结果，她笑了。她的笑，不是像那位女婴的祖母，出于幽默感和谦逊，而是好脾气，甚至是有一些轻浮的脾性，这使她的原则性受了损。她的这种质地就是好变通，因为密度不够。关于黄鼠狼的信仰就这么瓦解了。尽管她没有将她的有神论贯彻到底，可她的宿命感依然笼罩了这一间厨房。我为什么要强调这一间厨房，那是因为，在厨房的前面，还有楼上，各个居室里，过着和社会主流世界观相合的生活，就像是社会的正面。而厨房，则是在社会的边缘，甚至有一些负面的意思，这里流淌着思想的暗流。谈到宿命论，就要扯出这幢房子之外的一个女人，一个老女人，她有时候会来到我们的厨房。

我们的厨房是敞开的，任何人都可以进来，这也是和正式居室不同的地方。每一种制度，无论多么严密都会有疏漏的空隙，厨房就是这样的空隙。这老女人不晓得住在哪一幢房子里，她可能都不是我们弄堂里的人，而来自另一条弄堂。也不知道她是怎么摸到了我们这里，因她来到这里并不是专对着某一个人，好像她看中的就是我们这个地方。她每一次来，总是坐着一张小矮凳。这张小矮凳的榫松动了，一不小心就会夹了肉，我们就管它叫"夹屁股矮凳"。这里的物件都有名字，另一张板凳叫"阿跷"，因为只有三条腿。相反，人倒未必有名字了，小孩子往往叫"阿大"、"阿二"、"阿三"，这么依次排下去，奶妈就叫奶妈，保姆则是"三号阿姨"、"两楼阿姨"、"小花园阿姨"，以所服务的东家的居住地为标号。这从某种程度上体现了厨房里的自然观，世上万物，都是有生命的，生命都是平等的。

老女人坐在"夹屁股矮凳"上，身子就靠着门，这扇门就和地板一样破损和油腻。我不记得它曾经关上过，它总是推到墙上，敞开着。老女人就像瘫倒似的靠着门，身子还在继续往下滑，终于奇迹般地没有滑到地板上。她抱怨她每天夜里听到鬼叫，鬼叫扰得她一夜无眠。这话说得无比森然。忌讳黄鼠狼的女人同样忌讳这老女人，每一回她离去，都要在她身后吐唾沫，说她带来了死气——这就对了，我为什么怀疑她来自另一条弄堂，那就是她携带的气息不是我们弄堂的气息，别看我们的厨房有着阴晦的气氛，可这是朗朗乾坤里的阴晦，就像光投下来的同时也投下了影子。虽然如此忌讳老女人，但当老女人再度来到时，厨房的门还是向她敞开。那宿命的女人依然是听众之一，她照例不能将原则贯彻到底。

老女人来到的时候，最兴奋的是小孩子。我们挤作一团，听她描绘鬼叫。女人们想将我们驱赶出去，因为小孩子耳朵干净，最听不得这种事情。可是，她们赶不走我们，我们坚决不被赶走。赶不走的另一个原因是，我们都怕走过老女人身边，而她就坐在门口。我们爱听她的鬼话，却惧怕走近她。在我们看来，她和那打扰她的鬼，就是一家人。倘若我们没听懂她的话，她的口音很古怪，又总是连哭带诉，我们向大人们要求证实，鬼叫究竟是如何叫法，那么，所有的人，勿管有神论、无神论全都变了脸，斥道："谁听见鬼叫了？谁听见鬼叫谁就要死！"老女人不知什么时候不再来了，可是也没有她的死讯传来。对于这个人，厨房全体人员都噤声不提，她就此退出了厨房的社交圈。

这些阴惨的色彩，并没有使厨房变得恐怖，相反，它在某一方面，更加强了凝聚力。因为神秘、未可知、惊惧而越团越紧，身体挤着身体，由此产生出一股子相濡以沫的气氛，增添了这里的温湿度。这种温湿度特别适合小的物种，一些渺小的情感也在这里滋生滋长着。比如说，受委屈的小孩子通常是在这里哭泣。与兄弟口角；受了母亲的责打；或是弄堂里遭到欺压，弄堂是个强食弱肉的社会；再有，同学间的诬陷和背叛，等等。诸如此类的冤情，翻是翻不过来了，总要有个地方诉说吧！那么，就到这里来！这里的人阅历都很深，而且是在最底层，用她们的眼睛看，那么点芝麻绿豆，算得上什么呢？哭一会儿，再重整旗鼓，回到弄堂、学校，抑或同胞兄弟的社会里，人生总是要面对的。吃偏食和私食也是在这里，多子女的家庭，爱是有偏颇的，要是在主仆之间，这却是类似私情一般了。人总是有偏疼的一个，那么就叫到厨房来，从碗橱的角落里，拿出私藏下的半只咸蛋，两片夹心肉，一个鸡腿，或者面糊里调了白糖，用肥肉膘开一只油锅，煎一张甜饼。此时此刻，声音和动作都是细小而且轻巧的，蹑着手脚，以防被家中其他孩子看见。在这机密的气氛里，生出贴己之心。一大一小，一个坐，一个立，也不说什么，偶尔对一下眼睛，便有无限的柔情交流。小孩子不被首肯的宾客也是在这里接待，这里纲纪松懈，小孩子倒有了人权。他们谈一些玻璃弹子或者香烟刮片的交易，磋商玩意儿的技艺，搬弄口舌——上海弄堂里的流言实在是从嫩到熟，从熟到衰，收割后的老茬子地里再播下种，这时节，还是些流言的芽儿呢！他们挤在这里，也不怕炒锅里溅出来的油花烫了，水斗底下的积水湿了鞋，女人们则将他们驱来赶去。就像动物趋光趋热的本能，暮色降临，他们还不想分手，弄堂里暗沉沉的，他们便奔这里来了。这一盏蒙了灰和油腻的电灯，投下的光，简直就是人间的暖意，藏污纳垢，却结结实实。这些小萝卜头小小的，薄薄的，几乎透着光，就像皮影戏里驴皮做的人儿，交互错综，一会儿叠起，一会儿散开。

有多少小孩子从这里流淌过去，留下凸凸凹凹的印记，然后又弥合起来。这些小巧玲珑的凹痕，以及迅速的弥合，使空间呈现出活跃变化的形态。他们的小身子和小悲欢，虽然是小小的体积，分量又轻，可是具有穿透力，或者说渗透力，从漫漫时光滴漏进来，给记忆镀上亮闪闪的斑点。他们的正史都记录在前面的和爸爸妈妈共处的居室里，还有弄口的小学校，在这背阴的脱离了社会辖制的厨房里，写下的是野史，逸闻轶事，不上台面，可是谁知道呢？也许这也是重要的，那些杂七杂八的怪力乱神的鬼话，那些伤心的泪水，鬼鬼祟祟吃到嘴里的偏食，也是一种知识呢，填补着正统教育的盲区。每一个时代里的正统都有着它的狭隘性，需要一些旁门左道开拓视野。

从这里走过的孩子形形色色，来自社会各阶层。有一些穿着体面，肤如凝脂，根本和这厨房的环境不契合，可他们也来到这里。另一个极端是，破衣烂衫，面露菜瓜色，眼睛躲避着灶上锅里的吃食，是为抗拒诱惑，和这厨房也不大契合。他们带来了平等的色彩，使这厨房变成大同世界。事实上，厨房是一个中等社会，它的生活水准是温饱略有剩余。小孩子没什么绝色的，但总归平头整脸；衣着平庸，尚可算得上整齐；吃的呢，绝不会饿着，只是有些馋；家里有些规矩，却还不至于完全丧失自由。他们，就是厨房的小主人。

那个宁波籍的小男孩子，他的橄榄形的头颅，时常拓开着记忆的空间，出自老练的手笔，凌空一划，再一收。这种头形是经过多少千年的进化，就像是一种美丽的陶罐，记录了人类文明的历史。他是一个有历史感的小男孩子，他的头形、口音，还有衣服上时常散发出的某一种食物的气味，都透露出悠久的遗传。他有着非凡的急智，他机敏得呀，不像人，而像一种动物。不同的是，这机敏于他是表现在语言上，这就是文明了。他能够立刻抓住对方说话里的漏洞，作出反应，称得上"静如处子，动如脱兔"。我们每个人，都逃不过他的洞察，然后被他的语言剥开伪装——假如说小孩子也有伪装的话。像他这样，乳臭未干，并没经什么世事，只能用天赋来解释，而天赋其实是历史的积淀。他的手，那纤长的十指，也是文明进化的果实，制作起游戏的工具，简直就是天工开物，弹弓，弹丸，三角和四角的刮片，蝈蝈笼，铁环，俗称"贱骨头"的陀螺。这双手对小动物的爱抚也很温柔，我说的小动物就是厨房地板缝里的那些居民，虫子啊什么的，还有来去不定的野猫。他的手在野猫的胸脯上轻轻挠一挠，对生灵很有经验的样子。和他的温柔行为匹对的是他有同等程度的残酷，他生生把一条蚯蚓掐成两段，放在手掌心上看它们各自扭动，变成两条蚯蚓。西瓜虫也是生生地掰开来，看它小小的白肚腹里有什么。这温柔和残酷也来自原始遗传，都可追溯到上古，物种之间有着另一种强弱优劣的排序，经过漫长的演变，一种胜出的生物与一种败出的生物又一次邂逅，彼此认不得对方，又觉似曾相识。这是小孩子中的历史动物，还有一类完全没有历史的产物，那就是我。

回望过去，我几乎看不见自己的面目，这就是没有来历的人的浅近的性质，还没有脱离主观性，成为客观的存在。不像那男孩，他的存在不可置疑，一下子楔进记忆之中，拔也拔不出来。我的印记是游离的，

一会儿浮现出来，一会儿泯灭在混沌里。我还来不及
凿开时间隧道，于是就无法在空间里贮留，这就是时
间和空间相互的依附作用。具体到现场，我好像是被
那历史男孩一口一口吞噬的，他无情地讥诮我的口音，
这是一种没有乡音的口音。我从小说普通话，一种基
于北方语系，然后由政治生活再造，为适合传播删节
与简化韵和声的语言。为了学习上海话，我又损失了
普通话的标准，屡次在上海话那个短促的入声上绊倒，
终于生出口吃的毛病。然后我又在厨房这个五方杂居
的地方吸纳各地乡音，帮佣女人的扬州话、无锡话，
奶妈的不知什么地方的话，甚至包括那男孩的宁波话，
我吸纳的都是各路乡音的糟粕，因为我根本不懂得什
么是好话，什么是孬话。不纯良的语言，就成了我这
个新移民的羞耻的徽记。作为一个小孩子，我最大的
缺陷是玩不来弄堂游戏。造房子，跳皮筋，捉人，"老
狼老狼几点了"……全是以优胜劣汰的方式进行，我
一上来就出局，只得站在一边看，然后回到厨房呆着。
所以，厨房里也染了小孩子我的寂寞，还有屈辱。这
屈辱也是他——历史男孩给予的，他取笑我的挫折，

我的挫折做了他的笑料。我的悲伤，滴水穿岩一般从时光里渗漏过来，转眼间消除了痕迹。没有历史的拖尾，它转瞬即逝。我只得依靠一种媒介——文字，来辅助它留下印记，让主观变成客观。

在历史男孩和我中间，还有一个过渡性的人物，我称之为近代女孩。她的形态比我们俩都光鲜，这就是这城市的近代色彩。她不像男孩那么枝蔓繁多，牵丝攀藤，也不像我，单薄，屡弱，而且形状不定，一切有待塑造。她线条流利，表面光洁，附着一些织物，犹如蝉翼，从她轮廓周边派生出来。她比我和男孩更物质化，这些物质性的因素帮她撑开了空间，使她获得可观的占位。于是，她的人，包括肉身，都有了另一种工业化材质的质地。哪一种材质？珐琅瓷，发出人工的光泽，是记忆上的一片螺钿，打磨得光滑透亮。她也是游戏高手，她的游戏是另一路的，不像历史男孩那么具有草根气，而是带了都会的声色，所以叫她近代女孩嘛！比如，挑十字绣，在一块网格细麻纱上，穿了花线的针在每四个一组的格子里对挑一个十字，一个十字又一个十字组成图案。她煞有介事地一针一针挑着，就像一个淑女，一个住在租界上，因为身处异族人中缺少婚姻机会，贻误了青春的外国淑女。她的玩意儿也带着工业革命的空气，比如双股的牛皮筋上，穿着一列机制线团的木头线轴，可以增添牛皮筋的弹性，随着双脚的舞蹈上下翻飞。再则，她会唱"小弟弟小妹妹让开点，敲碎了玻璃老价钿"……幸好有了她，我和男孩才不至于出现断裂，而是有了衔接。我们三个人，接成了历史的链条，就像小女孩子用树叶的茎给自己做的项链——我们将一片树叶，捋得只剩下一条茎，然后万般小心地折成一小段，一小段，段和段之间由拉出的细丝串着，如同蛛丝，在空中摇曳，一不小心就断了。这就是我们身上的历史痕迹。

在我们三个之外，自然还有许多其他的小孩，也穿行在厨房里，可是由于缺少主要事迹，多少是模糊了，成为记忆的碎屑，弥漫在空气里，改变着光影和色彩。所以，他们的存在也是必要的。其实他们也并不是那么没性格，只是被我们这三个遮蔽了。他们不像我们三个那么有涵义，这涵义在当时不觉得，走过了漫长的时间，渐渐地凸现起来，这是记忆的选择。

当然不那么公平，可是就像常言道：历史是胜利者的历史。记忆也是，谁的记忆谁有发言权，谁让是我来记忆这一切呢？那些沙砾似的小孩子，他们的形状只得湮灭在大人物的阴影之下了。可他们还是摇曳着气流，在某种程度上，修改与描画着他人记忆的图景。

而我必须要说一说那两个小孩子，一个是姐姐，一个是弟弟。他们是某一家的小客人，时常前来造访，而我们彼此都没有留心对方。当时间进行到某一个点上，也就是通常说的契机的意思，我们和他们忽然地彼此注意。那是一个寒假，天气阴冷，已经不适合做弄堂里的游戏，我们都蜷缩在厨房里。朝北的厨房，又潮湿，谈不上有多么暖和，可是认识新朋友使彼此激动，亲密的感情一分钟一分钟地递进着。转眼过了中午，主人家留了饭。又过了下午，主人家也留了饭。夜晚降临，主人家继而留了宿。第二天，众人又在厨房聚首。只有公用厨房，我们这些来自各个家庭的小孩子才可以聚会。来自另外的街区，另外的学校，以及另外的不为我们熟悉的生活里的孩子，他们，严格地说，只是他们中的一个，那个姐姐，她身上异样的气质，强烈地吸引了我们。我们眼界很窄，没什么见识，他们，或者说是她，是我们从未接触过的一种类型。

我应该把她放在哪一个历史阶段上呢？上古，近代，或者如我，来不及创造历史？好像都不对，都不适合她，她兀自立于历史之外。也许，原因只是，她不属于我所认识的历史，而是来自另一个历史。每一个街区，每一种生活，甚至每一种房子的结构里，都有着自己完整的历史，每一种历史的体现都不相同，各有各的生动性。她也是有光泽的，但不是珐琅瓷，而是真正的贝类。真正的贝类在于它其实不像人工打磨的那么有亮度，也不够鲜丽，而是有一些暗。但组织密度更高，于是有了深度和厚度。她就是这么样散发着幽暗的光，这光仿佛来自一个活跃的源头，使她有一种流动的性质。她就像舟筏，被记忆载着，穿越时光而来。

她习惯用一块头巾裹着头，头巾沿了发际向两边去，在下颌交叉，再绕到颈后，打一个结实的活结。透过围巾的形状，可看出她纤巧的头颅，头颅上梳得很光的头发和编得很紧的发辫。她就这样裹着头巾，手插在棉袄口袋里。她的裹在红格子棉袄里的身子，骨骼匀称。她直直地站在我们中间，与我们说话。她的脸色和身姿，一点没有寒冷的样子，不像她的弟弟，嘴唇青白，瑟缩在煤气灶旁边。倘若煤气灶上正好在烧煮东西，他就将手伸过去取暖，很快又被燎着，赶紧缩一下。这是一个孱弱的男孩，她却很健康，不仅她不感到冷，而且令别人也热烘烘的。这是一种格外结实的体质，内分泌平衡。我们热情地看着她，怀着欣赏和羡慕，不放过她的一举一动。而且很奇怪的，我们女孩比他们男孩更受她的吸引。在这个年龄阶段，女性气质更为同性所敏感，男孩还没有开蒙呢！

　　一天过去了，我们还不想放她走，又过了一天，下一天，依然没走。显然她在我们中间也如鱼得水，脸色越来越红润，神气越来越飞扬。在此同时，她的弟弟却日益萎缩，苍白和虚弱。他就像一个雪人，在炉火边上消融下去，他的人都小了一圈。主人家终于发出逐客令，女孩子只当耳旁风，她的镇定也是少见的。就在此时，寒流来临，风在弄堂里激荡，暴冷使我们更加兴奋，好像有什么不平凡的事情要发生了，连她弟弟的眼睑下面也生出红晕，渐渐蔓延了整个脸颊。最后，事情这样结束：姐弟俩的父母来到，将他们带走了。此时，弟弟已在高烧中，其实他从一开始就病了，却没有人发觉，注意力都在姐姐身上。在魅力四射的姐姐的阴影下生活，他必须要有隐忍的性格。谁知道在他弱小的身体里，正进行着一场什么样的抵抗？他几乎要消失了踪迹，他无声无息的，没有一点响动，要不是后来发生的事情，他就算完全地退出记忆。后来发生的事情是，他死了，不是在这一场病中，也不是在他身历的无数病中，这一个多病的孩子，很平静地死于无病无灾之中。儿童猝死至今还是一个谜，没有谜底。他的死，在人们的记忆中砸开一个窟窿，边缘迸裂，犹如金石相撞。

　　这是小孩子里的死者。大人呢？你们不会猜到，大人中的死者是那个最年轻结实的奶妈。颠顸的她，就这样夯进记忆，形成一个凹坑。这就是死亡的永恒性，死者就此停滞在时光中，占领了空间。要是依那帮佣的女人的宿命论来说，厨房这地方不干净，出现过黄鼠狼，还有老女人来抱怨鬼叫扰了她的睡眠。然而，这又说明厨房是有渊源的地方。有渊源的地方，总是生生息息，于是，万象罗生。所以，我说它肥沃，那油腻泡软了的地板，什么长不出来！

有几次，房管所木工来修地板，他们拆去腐朽的木板，钻进地板下面，敲打修理龙骨。里面黑沉沉的，堆积着漏进地板缝的陈年旧物，筷子，勺子，发卡，顶针，肥皂头，白菜头，肉骨头，这就是厨房的地质层。再后来，连龙骨也朽烂了，房管所彻底拆除地板，推来碎石，铺上了水泥。厨房里木质的膏腴的霉气味换上了水泥的凉森气。别小看了气味，气味改变了这间厨房的属性，它不再是柔软的肉感的属性，而是冷和硬。这就像是一种蜕，从此，小孩子都长大。大人呢？趋向老，然后，是死亡，不是那样不期然的夭折，而是寿终正寝。

冬天的聚会

那时候，冬天里，洗澡是件大事情。地处长江以南，按规定不供暖。可是，气温虽然大都在零度以上，却因湿度大而感觉寒冷。许多北方人来到这里，都患上感冒和手足冻疮。比较起来，倒是这地方的人更耐寒一些。人们在阴冷的气候里，安度冬天。不过，洗澡真是个大事情。

我们家有一门特别要好的朋友。两家的父母原先是一个野战军的战友，后来又一起在军区工作。他们这四个人，互为入党介绍人，在差不多的时间里结婚，又先后陆续生下他家一个，我家两个，三个活宝。再后来，他们四人中间的三个，也是先后，陆续从军区转业到现在的城市。又很巧地，我们这里的妈妈和他们那里的妈妈又在同一个机关里共事。所以，我们这三个就又在同一个机关幼儿园里生活和学习。他家的男孩与我家的姐姐年龄比较接近，同在一个班级，志趣也比较相投，擅长各类游戏。他俩在一起玩得热火朝天，剩下我在一边干着急。就这样，我们成了通家之好。

方才说的，我们两家四个大人中间的三个，来到了现在的城市，那剩下的一个是谁呢？是他家的爸爸。就他一个人还留在军区，冬天的聚会就要从他这里讲起。他其实经常回家，有时探亲，有时出公差，和我们大家团聚在一起，干什么都缺不了他似的。这一年的冬天，他家的爸爸又来了。这一次来，他在军区的招待所里订了一个房间。说是招待所，其实是宾馆，有着中央系统的供暖设备，温暖如春。客房呢，带洗澡间。于是，我们两家的大人，孩子，还有保姆，便一起去这房间里洗澡。补充一句，由于我们来往甚密，于是，两家保姆也成了好朋友。时常是，大人和大人一起，孩子和孩子一起，保姆和保姆一起。就这样。

我们去洗澡是在一天晚上。全家的换洗衣服，毛巾，还有零食和我们的玩具，装成好几个包。然后我们要了两辆三轮车，往招待所去了。对，那时候，有三轮车。三轮车，以及三轮车夫，并不给人文学作品中的贫寒和劳苦的印象。他们将三轮车收拾得干干净净，坐垫上包着蓝布罩子。油布的车篷上了蜡，散发着酸叽叽的刺鼻的气味。这气味也不顶难闻，它有一种凛冽的爽洁的意思，一会儿便适应了。车座下的踏板是没有上漆的白松木，宽条，拼接处结实地钉着钉子。车胎可能是补的，可补得合缝，服帖，气充得鼓鼓的。车轴上了油，十分润滑，有一点轧轧声，也是悦耳的。车夫的棉背心也可能打了补丁，却被一双巧手补得细细密密。那通常是一双苏北女人的手，特别勤于洗刷缝缀。车夫们，其实也不是想象中那样年迈体衰的，只不过，他们的装束有些旧和闭塞，带着他们所来自的家乡的风范：对襟棉袄，缅裆棉裤，棉花絮得特别厚，又用线绗上道。裤腰上系着宽宽的布裤带，平平地围上几道，也为了撑腰好借力。裤腿上呢，系着布条，为防止车链子磨破裤管。这样一来，他们在这个新奇摩登的城市里，就显得老了。他们正在壮年，你看他们一脚踩在脚踏，另一脚轻轻点地，点着，点着，脚往前梁上一跨，就坐上了车垫。下来时，也一样。他们并不放慢速度，相反，还加快了，然后一跃而下，乘着惯性，随着车子奔跑到终点。这几步跑得呀，真是矫健！他们脚上的手纳布鞋底，在柏油马路上一开一合，上面的盘龙花便一显一隐。

马路的路面，在路灯的映照下十分光滑，不过不是镜面那样的光滑，而是布着细细的柏油颗粒，好像起着绒头，将光吸进去，所以很柔和。不知是不是因为地球形状的缘故，当然，更可能是为了雨天防止积水的缘故，路面呈现出弧度。在灯光下，看得最清，因为光顺着受光面的弧度，均匀地稀薄下来。行道树虽然落了叶，可因为悬铃木树干比较浑圆的形状，以及树干上图案式的花斑，所以并不显得肃杀，而是简洁和视野开阔。冬天的马路，人也比较少，但也并不因此寥落，反是安宁得很。我们这两辆三轮车驶过马路，三轮车上载得满满的。前面是爸爸和妈妈，带着一部分包裹。后面是保姆带着我们和另一部分包裹。保姆抱着我，姐姐抱着她的娃娃。一看就知道这是一个家庭出行。路灯照耀着，大人和孩子的脸上都罩着暖色调的光和影，偏黄，对比柔和。风，自然有些料峭，可江南的风，究竟又能料峭到哪里去呢？倒是使空气干爽了，驱走了一部分的潮气。不过，我们孩子的表情，多少是严肃的，脸绷着。夜间出行，总使我们感到不太寻常。车夫稍稍压下的双肩，由于用力，一耸一耸地起伏。到拐弯的时候，便直起上身，伸出一只手臂示意着，慢慢地拐过去。这姿势有一种优雅。我们驶过了一些马路，在一座大院跟前停住了。

这是一座方形的建筑，样式有些接近北京的人民大会堂。它显然是在建国以后造的，和这座城市的殖民风格的建筑，还有那种生活气息浓厚的民居很不一致。在这些姿态旖旎的旧建筑中间，它显得格外严肃，难免有一些乏味，但也包含有一种北地风范，"质"的风范。它的院子大而且平坦，使得周围的路灯照耀不到中间，就变得暗了。这也是有一股威势的。我们这一伙携儿带女、大包裹小行李的人，在这里踯行，看上去多么啰唆和拖拉呀！

　　我们终于走过院子，走进大厅。大厅也是广阔的，很明亮，而且非常的暖和。周围都是军人，穿着军装，个个精神。不像我们，穿得那样臃肿，身后还跟着一个梳髻、穿斜襟棉袄的苏北女人——我们的保姆。人们都在说话，同时大声地笑。可是声音在高大的穹顶底下消散了。而到了新环境里的我们，又都有些发傻，回不过神来。人们就好像是在一部没有放映好的电影里，只有动作，没有声音。但画面却是如此清晰，人们的表情相当鲜明。他们笑起来，眼角处的褶子，还有嘴角一弯一弯荡开的笑纹，都丝丝可辨。有一个军人，走过我们，在我头顶上胡撸了一下。转眼间，我们已经进了电梯。然后，在走廊中间的一扇门前停下了。

　　门开了，我们看见了我们熟悉的人。顿时，一切就都有了声音，活了起来。我们从方才一路陌生的窘境中摆脱出来，恢复了知觉，甚至比平时更要活跃。大人们也很兴奋，七嘴八舌的，顾不上管我们。那两个保姆呢，她们会心地不出声地笑，互递眼色，一边也忘不了她们的职责，替我们脱衣服。房间里更热，简直成了一个蒸笼。因为内外冷暖相差，便积起雾状的水汽。人看上去，都有些模糊。我们很快就被脱得只剩一件衬里绒衫，可底下却还保守地穿着棉裤。这就使我们的样子十分奇怪，就像一只钻出蛹子一半的蛾子。可这已经够解放我们的了，我们身手矫健极了。我们捂了许多日子的身体上，散发出一种酸乳的腥甜的气味。小孩子的体味其实比大人更重，他们的分泌系统还没有受损伤，所以很卖力地工作着，分泌出旺盛的腺液。同时，他们又被捂得特别地严实。那气味呀，简直翻江倒海。

　　这是一个套房，但并不大，我们就在外间活动。为了谈话方便，大人们将两张书桌在房间中央，拼成一个大桌子，放上吃的东西，喝的东西，玩的东西。地上铺着地毯，所以，我们孩子又在地上摆开一摊。我们在地毯上打滚，爬行，追逐，上蹿下跳。我姐姐和他家的男孩，由于是同班，就有了许多共同语言。他们甚至不用语言，也能互相了解，沆瀣一气。他们一对一地，具有暗示性地笑，很快就笑得倒抽气。而我被他们排除在外，心情就变得激愤起来。于是，在他们笑得最热烈的时候，我便哭了起来。这样，就招来了大人们。他们一致认为是那两个大的不好，分别斥责了他们，使他们转笑为哭，以泪还泪。如此这般，我们三个一人哭了一场，势态均衡，这才归于平静。

两个阿姨在洗澡间里擦洗澡缸，同时叽叽哝哝，不晓得有多少知心话。我们几个则伏在窗台，看外边的夜景。不远处的中苏友好大厦，顶上的那一颗红星，在夜空里发亮。大厦的轮廓就像童话里的宫殿，宽阔的底座上，一排罗马廊柱。第二层，收进去一周，壁上环着拱形的巨窗。再上去一层，再收小一周，逐渐形成巍峨的塔状。大厦底下，有喷泉，虽然在平常日子里不开，但喷泉周围宽大的大理石护栏，看上去就已经相当华丽。有了这座宫殿，四周都变得不平常了，有一股伟大而神奇的气息笼罩在上空。街道上，静静地驶过车辆，在方才说过的，弧度的街面上，灯光聚集的带子里行驶，车身发亮。我们感受到静谧的气氛，也因为刚才都哭过，心底格外地安宁。这一刻，大人们没注意到我们，他们热烈地谈着他们的。这时候，他们要比我们吵闹得多，也挺放肆的。

楼下院子里有时会进来一辆车，缓缓停在大厅门前。其余大多没有动静。院子门口那两个持枪的哨兵，好像两座雕像，一动不动。有几辆自行车从前边的马路上骑过，骑车人压低了身体，一副猛蹬车的样子，这表示外面起着大风，气温相当寒冷。而我们三个，热得涨红了脸蛋，汗把头发都溻湿了，一绺一绺黏在脑门上。大人们终于想起我们来了。于是，一个接着一个，被捉进去洗澡。每一个人被捉的时候，都尖声叫着，同时，疯狂地笑着。我们家的这个阿姨，是个对孩子有办法的女人，她一下子就逮住一个，三下五除二地剥去衣服，摁在澡缸里。她做什么都干净利落，且不动声色，很得我们父母的欢心。可我们都怕她，只有在父母跟前，晓得她不敢拿我们怎么样，才敢同她混闹一闹。她的名字叫葛素英，长了一张鹅蛋脸形，照理说是妩媚的，可她却不，而是有些凶相。她的男人有时从乡下上来看她，她也不给一个笑脸，尽是骂他，尤其在他吃饭的时候骂他。葛素英和我们一同吃，却不让他上桌，而是让他在灶间里吃。这个嗜赌的男人，坐一张小板凳，捧一个大碗，头埋在碗里，耳边是女人毒辣的骂声，他匆匆地咽着。他住了几天，葛素英就骂了几天。最后，要走了，葛素英从贴身衣袋里摸出手绢包，打开，数出几张钱递给他。这时候，她的眼泪流下来了，可是，一点没有使她变得软弱。现在，澡缸里的蒸汽熏着她，她的脸也红了，用刨花水抿得又光又紧的头发起了毛，松下几丝散发，贴在脸颊上。而且，她笑着对付我们，这到底使她温柔了一点。

我们终于一个一个地洗了出来，好像剥了一层皮。经过肥皂水的浸泡、用力的揉搓和清水冲洗，全身发红。而我们的喉咙，也都因为尖叫和狂笑，变得嘶哑了。洗干净的我们，被大人撅在椅子上，再不许下地了。他们让出桌子的一角给我们，让我们玩些文雅的游戏。于是，我们便打牌。

这副扑克牌是事先就准备好的，是一副旧牌。纸牌的边上，都起了毛，但一张也不缺损。我们只会打一种牌："抽乌龟"。这副牌，在我们手里抽来抽去，不知道抽了有几百遍，就是这么抽毛的。抽乌龟的玩法是这样的，先要剔去大怪和小怪，这两张不成对的牌。再在桌底下抽走一张牌，倒压着，谁也不许看。如此，牌里就有了一张落单的牌，这就是"乌龟"。然后，发牌，各自理牌，成双的牌都扔掉，只剩单的。这样，游戏就开始了。打牌的人依时针方向，从对方牌中抽牌。抽到的牌倘若能与手中的某张牌对上，便扔掉，反之，则留下。周而复始，最终就剩下那张落单的牌。握有此牌的人，就做了"乌龟"。这是一种完全凭运气来决定胜负的游戏，可正因为此，就很刺激。我们一打上手，就打个没够。而且，越打越认真。

　　大人们也先后洗了澡，两个保姆再接着洗。她们很神秘地把卧室通向外屋的门关上。于是，无论洗澡间里的水声，还是她们的私语声，全都听不见了。大人们的谈话也进入一个比较平静的阶段，轻声细语的。总之，这时候，房间里很静。中间来过一次服务员，送来开水，还问需要不需要什么别的，然后轻轻带上门走了。就这样，他们大人在那半张桌上说话，我们小孩子在这半张桌上抽乌龟。我们三个，每人都做过几轮"乌龟"。牌局渐渐有些紧张，便也沉默了。

现在，我姐姐又脱手了。比较起来，她当"乌龟"更少一些。也可能只是看起来这样，她比较不那么在乎当不当"乌龟"，就显得比我们轻松。她甩出最后一对牌，就走开去，又吃又喝，不再关心结局。于是，就剩我和男孩较着劲。我们一来一去抽着牌，这时候，"乌龟"不是在他手上，就是在我手上。可是，这一回，我的运气很好，抽到的总是成双成对的牌。看起来，"乌龟"很可能在他手上。很快，事情就要见分晓了。轮到我抽牌了，我手上只剩了一张牌，他呢，有两张牌。谁做"乌龟"，就看这一抽了！两位保姆已经出了浴室，卧室的门重又打开。她们穿戴整齐，洗好的头发重又紧紧地盘了髻，双手相交地放在膝上，坐着，就像两个淑女。除了脸色更加红润，就和洗澡以前没什么两样。

　　这个男孩是个多病的家伙，他奇怪地对一切事物过敏。有一回，他吃了几口酒酿，竟也醉倒了，身体软得像面条。而我宁可相信这是他在装疯，因为他也是很会来事的。可是这时候，他变得严肃了。像他这样一个机敏的人，总是有办法化险为夷。这一次，却难说来了。事情就在眼前，也不由他做主，只能听凭命运的摆布。他的两只手握着这两张牌，毕恭毕敬地端坐着，等着我抽牌。他全神贯注地看着牌，尽可能做到面无表情，让我很难猜测到左边的这张是"乌龟"，还是右边的那张是。这对我也是一个困难的时刻，非此即彼，我必须做出决定。大人们在柔声细语地说话，保姆们竖起耳朵听着，也不管听懂还是不懂。姐姐悠闲地坐在椅上。她的坐姿很不好，上半身完全瘫在椅面上，好像不是用屁股坐，而是用腰坐。可是没有人去管教她。

　　我的手伸向他去，试探地摸着其中的一张。这时候，他抬起眼睛看了我一眼。简直是神至心灵，我捏住那张牌就抽。可是，却抽不动，他双手紧紧地握住牌。我再抽，他还不放。他的眼睛始终看着牌，脸上做出若无其事的表情，可就是不松手。他握牌的手指关节微微地发白。谁也没有看见这一幕，都在忙自己的事。我们相持了很久，这张牌终于经不住了，拦腰断成两截，一截在他手里，一截在我手里。我哇的一声大哭起来，惊动了大人。他们围拢过来，看见的是两截断牌，便以为我是因为犯过失才内疚和害怕地大哭。他们纷纷安慰我："没关系，不要紧，不怪你。"他们说着诸如此类的话，而我又怎么能说得清个中原委？无尽的冤屈哽得我气也喘不上来，只有更大声地哭，踢腿，蹬脚。几个大人上来一起按我。而我竟还能透过泪眼，注意到就在这一片混乱之中，男孩将手中剩下的那张"乌龟"混入牌中，一下子无影无踪。

这一个晚上，是在睡眠中结束的。在一场大哭之后，聚会达到高潮。洗澡，受热，疯玩，笑和哭，耗尽了最后一点力气。于是，我立即睡熟了，终于没能坚持到底。后来，他们又玩了些什么，玩到什么时候，又是如何回家，一概不知。至于那张牌，因为没有人提起，我便也没有机会辩解，事情不了了之。那时候，有很多次这样的聚会，都在不知不觉中结束了。

革命的初级阶段

革命的初级阶段

一九六六年，下半学期，小学校终于维持不了教学，不宣自散，我们就像一群放飞的鸟，一下子自由了。忽然间获得这样多自主的时间，简直不知道干什么好。我们先是拥去校长办公室，要求在小学里也开展"文化大革命"，然后被校长推诿到上一级的部门，再继续被推诿到更上一级部门。我们气昂昂地在马路上走来走去，人越聚越多，最终来到一间办公室。也不知道究竟是什么办公部门，只记得是二楼上的一间房间，其中有一个中年男子，声嘶力竭地说明着什么，声音完全被口号声掩埋住了。房间里，还有逼仄的楼梯口，全是我们这样的小学生，他就在攒动的人头上挣扎，就像一个溺水的人。等这一批孩子感到无聊撤走，下一批孩子又来了。即便是这样的车轮大战，我们依然没有得到参与"文化大革命"的应许。于是，我们只能自行革命，一是看大字报，二是抢传单。

我们几个人结伴，到各个单位去看大字报。一般都是选择文化单位，因为那里的大字报比较有趣。印象最深的是美术家协会的大字报，图文并茂，十分好看。我是在大字报上最初认识丰子恺的，他的"西边出了个绿太阳，我背爸爸去买糖"，被批判为"反攻倒算"，而我只觉着滑稽。在我们所受的共和国教育之下，人和物的面目都是严肃正经的。他的稚拙的谐谑，使我有些不惯，感觉古怪还有陈旧。这是要等长大以后，有了对中国传统文化和新文化运动的了解，才能懂得的。不久前，在浙江桐乡的石门镇，丰子恺的故里，丰子恺纪念馆，看见有一张先生在"文化大革命"中的汇报，从早上起床刷牙，写到晚上临睡洗脚，最后一句是"没有出门，没有人来"。淡定中流露出讥诮，与那滑稽歌谣的成年天真，是一脉相承的。计算一下时间，这张汇报大约就是与大字报在同一年代。

抢传单没有这样明确的目标了。我们散在马路上，像机敏的动物，注意着周围。哪里有红卫兵走过，我们便紧随其后，要求得到一张传单。他们对小孩子多半十分傲慢，或是不理，或是驱赶。这使得我们很像乞讨，哀求着：给一张吧，给一张吧！有时候，传单是从天而降，不知是从哪一幢楼上撒下，忽然间，街道的逼仄的上空，漫飞着一群彩色的蝴蝶。我们则在底下奔跑，有时能跑过一两条街，最终那只蝴蝶却停在了某一棵树的树梢上。也有意外的时刻，猝不及防地，身边有一个人，面目非常普通，不动声色递给你一张传单，然后走去，融入街上的人流。这是真正的革命者的身影，带着激进分子所特有的危险气质。抢传单，使我们活脱成了混迹街头的野孩子。

接着，我们又有了第三个革命的去向，那就是参加批判大会。最重要和盛大的批判大会是在这城市最大的会场——文化广场举行的。我们都是些没有入场券的人，但也不怕。这样的孩子在文化广场任何一个门口都有一大群，很快就纠结起来，齐心协力一拥而入。不过有一次却意外地受阻，每一个门口都安排了纠察队，手挽手拉起围墙，几次进攻不成。我们也同样挽起手，在人墙后面呼喊：革命不要门票！人墙中，有一个中年男子，我记得他穿着一件与革命潮流并不相符的藏青中式棉袄罩衣，头发整齐地分开、梳平，脸相很端正，极像我们学校的一名数学老师。所以，我就以为他也是一名教师。他被我们闹得不行，有几次与我说："过来，我与你谈一谈。"而我根本不搭理他，起劲地喊着"革命不要门票"。渐渐地，天已入黑，会场上的批判已进行到一半，这里却还是人潮涌动。我妥协下来，主动与那男人说："你说，要谈一谈的，谈好了！"而他早已火起，愤怒地一挥手："现在不谈了！"由于错失批判的时机，这一场革命我们终于没有参加进去。

乘公共汽车旅行（一）

那个年头，大人见了孩子都要害怕的。虽然是没获取资格做红卫兵的小学生，可也还要提防几分。谁能说得准？也许是越小越凶呢！所以，仰仗着红卫兵的气势，我们也很得意，不时发起革命的行动。

我们革命的范围，就是在我们居住的这条街上，稍远的地方，我们脚力不足，胆量也不足。我们只熟悉自己生活的这一条街，越过路口，便是陌生的另一个世界。那里孩子的习惯、表情、口头语，甚至长相，都与我们不同。同一样游戏，两条街就是两样规则。城市里，就是这样划分为一个一个的部落。

　　我们在街上走来走去，搜寻着在哪里下手革命。这条街，已经经历了革命的洗礼。旧招牌改为新招牌，橱窗里的摩登衣饰收尽了，街上的人呢，也脱去了旧时装束，一律严正肃穆，连路名都改了。但走着走着，我们还是发现了先驱者的遗漏，那就是这条街上，竟然还有着私营者——嵌在国营商店的店面之间，某一个弄口的小烟纸店，由着一个女人，或者老人经营着，是我们小孩子最多光顾的买卖。一分钱一粒的粽子糖，三分钱一包的甜支卜，再奢侈些，四分钱一支的赤豆棒冰——没有冰箱，盛在广口热水瓶里。这时候，我们径直走过去，老板娘同往常一样，从柜台里转向我们，脸上带一点不屑却又欢迎的表情。我们立定了，伸手在柜台上拍了一掌，说："不许剥削！"老板娘的神色转为愕然，不等她反应过来，我们就走过去了。隔天，我得了零用钱，很不争气地，又去那里买东西吃。老板娘收去我的钱，扔回我一个三角包，包里裹着橄榄之类散发出甘草味的零食。她并没忘记回敬我一句，我仓皇着，没顾上听清，转身离开了。

　　再接着，我们决定采用打电话的斗争形式。先是有一位同学来报告，她家住的那条街上，有一户大资产阶级，刚抄过家。我们可以去他家打电话。打给谁呢？我们班有一名男生，他的爷爷奶奶开了一爿烟纸店，店里有一架公用电话，电话号码也抄下了。于是，我们便去那户"大资产阶级"的家。门，几乎是应声而开，一位高大白净的男人迎进我们。他的头发衣着相貌，都带有洗尽铅华的意思，朴素底下残留着昔日的修饰痕迹。他对我们的态度特别殷勤，很积极地引我们到一架挂壁电话前，还要过电话号码，帮我们拨号，等接通了，才将话筒贴到我们中间一个的耳上。我们冲着电话嚷了一声"不许开店"，立即就挂断了。这时，这男人就以师长的口吻说我们："打电话可以，这样捣蛋就不对了。"在他正面的批评后面，其实是积压着极大的不满。虽然只是个孩子，我也能看出他的虚伪。我们吃了教训，悻悻然退了出来。

走在街上，心里有一种落寞，处处都是革命的手笔，却没有我们的份儿。这条街的面目已经大改了，可我们还是原先的我们。最后，我们选择了一种温和的革命，到公共汽车上宣传。这一项行动进行得很顺

人民公社万岁！　大跃进万岁！

又一次，到番瓜弄义务劳动——这也是这段时期里的变化之一，就是课外活动多以义务劳动为内容。但小孩子并不对此不满，相反，非常积极。

垃圾山其实是一家钢铁厂的废料场，铁屑、铁砂、废钢、钢渣，堆积起连绵起伏的山脉。这是城市孩子所接触的自然。

利，没有理由阻挡我们上公共汽车宣传革命道理，我们碍不着什么人。只须在拥挤的车厢里，忍受我们的聒噪，还有就是无论多么拥挤，也要让我们占有几个座位。我们总是率先上车，抢到最好的座位。等到车开，便大声诵读着毛泽东的语录。街景从眼前掠过，在这城市里的旅行开始了。

乘公共汽车旅行 （二）

　　自从开始在公共汽车上宣传，我们几乎走遍了城市的全境。我们没有什么目的，全凭兴致和机遇。第一程，当然是从我们家门前上车。这一路车的车站，就在我们家弄口，贯穿了这一条东西向的繁华大街。随着离家越远，景色就越陌生。不同的街道、人和生活出现在眼前。感觉上，就好像到了另一个城市。我们一共有四个人，通常占据的座位是最前面，司机驾驶座的背后。本来是反向的，可我们一律都趴在椅背上，跪着，与司机一同望着前方。我们在这一条线路上往返了一遍，就中途下车，搭上最近处的又一条

放大的时间

线路的车，往不同的街区旅行去。我们从不记住在哪里换车，又是换的哪一路车，而我们从来没有就因此回不了家。似乎，无论如何换上换下，到中午或者傍晚，我们总归能回到家吃饭。上海的公共汽车路线，就像一张网络，不错过任何一个角落，将所有街区串联起来。

我也不记得在哪一路汽车上遭遇过和我们一样的义务宣传员。倘若是这样，我们一定会自觉退出，再换一辆，反正，有的是公共汽车。这样的义务宣传员其实有许多，因为站在街上，不时可听见，驶过的公共汽车上传出激昂的诵读声和歌声，有时候，还有手风琴声。跟爸爸妈妈出门，在公共汽车上也会碰上有孩子在做宣传。此时，我们变成了爸爸妈妈的乖孩子，对这革命的行动，只能作壁上观，心里相当惭愧。

在公共汽车上，人们对我们很宽厚，一半是因为在狂飙时代里，面对这样和平的革命，自然要做的侥幸之想；另一半大约也是因为，我们还是孩子，表情郑重地做着这样一件事，多少有些好玩。售票员总是吆喝那些挤我们的人，保证我们上车。车上的大人，也不同我们抢座位。而且，我感觉到，他们真在听呢！听我们的聒噪。有一个中年男人，显然是刚下夜班，手里提着一个空饭盒，立在我们身边。在很长的车程里，他一直看着我们，脸上带着无比温存的微笑，大约，是想起了他辛苦劳作所养育的孩子们。

我们宣传一阵子，便歇一阵子，看窗外的街景。我们看到街沿上走着的小孩子，望着我们的羡慕的眼光。他们羡慕我们，不单是因为我们在革命，更是因为我们可以无限制地乘公共汽车，而且有座位。这一种革命形式真是太适合我们了，胜任、快乐，而且安全。可是，很快，我们就出了一件事故。

这一日，我们正趴在椅背上对着车窗前方的街景，叫喊得起劲。突如其来地，我们中间的一个爆发出哭声。几乎是，前一秒钟还好好的，这一霎，就急哭急叫起来。我们停止下来，看着她，不知发生了什么事情。车上的人，并不以为出了什么事，忙着上车下车，或者调整位置。公共汽车上，有个小孩哭，是太平常的事，而他们，大多有正经的事情要做。我们略过了一会儿才了解，原来这个同学的旧病发作了，这病是：

尿急症。在我们那时候，许多同学患有这病症，而且，就像流行传染病似的，往往是一个接一个发病。我们班上就有三个男女生相继患病。得这病别的没什么，就是令人感觉羞辱，不时地在课堂上举手，要求上厕所。开始的时候，老师以为是存心捣乱，可后来却发现不是，家长带着医生证明到学校来说情。尽管这样，老师还是会对如此频繁地要求上厕所流露出厌烦。同学们呢，免不了要耻笑。这一段停课的日子，我们都把她这病给忘了，想不到，此时此刻，又来了。

我们即刻中断了宣传，在最早的一站，匆匆下车，停在一条完全陌生的小街上。这是条狭窄的、两边挤挨着低矮住房的街道，有一些老人和女人在自家门前活动。我们茫然地站在街沿，不知道下一步该做什么。这位同学则感到了绝望，哭得更加凄惨。我们中较为年长的一个，忽然举步向前，和一位老太去交涉，问能不能上她家用一下马桶。因为她看见，沿了墙根，斜倚着一列洗净的马桶。老太狐疑地看着我们，不明白我们为什么不去自己家用马桶，而要到这里来用。我们也无法向她解释我们是如何来到人地生疏的地方，只能哀求地看着她。老太最终是被这同学的哭声打动了，她提起斜倚在墙根的马桶中的一个，引我们走进房间，床里侧一块花棉布帘子后面，放下了马桶。等到卸下重负，我们也已兴味索然，随便搭上一路车，回家了。

蘑菇泥

在革命初期的喧闹过去之后，我们同学几个忽然热衷于到乡下去。那是隔一条江的浦东，川沙境内的一个村庄。我们曾经在学校组织的三秋劳动中，来到过这里。我们不用花钱买票就能乘公共汽车，只须朗读毛泽东语录和唱革命歌曲，以尽宣传的义务。下了车再上轮渡，也不须买票，依然是唱歌和朗读。其时，革命大串联已经开始，火车都能无票搭乘，不要说市内的公共汽车。尤其是对我们这些半大孩子，交通基本全线开放。从轮渡下来，步行十来分钟，便到了我们要去的地方。

那里的农民已经认识我们，对我们的态度却很矜持。他们不太吃得准我们要来干什么，我们自己也有些拿不准。我们站在田头或场院里，对他们朗读毛泽东语录，他们缄默地听着。然后，我们要求分配给活儿干，表示劳动锻炼的决心。他们也依我们，带我们去做活儿。他们让我们做的活儿很特别，过后我在任何别的乡间都再未遇到过，我甚至因而怀疑自己对这活计的理解对还是不对。这活儿叫作掰蘑菇泥，将大块的泥掰成一公分多见方的一小块一小块。这泥一定是经过了某些加工，有胶性，质地相当细腻。因听其名为蘑菇泥，所以我想它是用来培植蘑菇的，铺在白色尼龙布底下。这些白色尼龙布，一垄垄的，张开在不远的田里。

掰蘑菇泥的人，三个五个坐一处，由人从什么地方，挑来整块的泥，倾在面前，各自挖下一大块，再细细地掰成均匀的小块。多是妇女，也间或有一两个男工。倒不是因为这活儿轻，而是，上海的郊区，原本就是妇女多，男人多在城里做工。这劳动，我们很能胜任，只要手脚轻一点，尺寸度得平均。我们并不觉得这活儿枯燥，反而感到很有趣，一边掰泥，一边和农民说话，太阳晒在身上，暖烘烘的。扑鼻而来是干草香，鸡在身边啄食，悠闲安逸。市内的喧嚣，在很远的身后。到中午，我们就吃带来的饭盒里的冷饭，农民们则会送来一瓶开水，让我们泡饭。这时候，人们散去，家家屋顶升起炊烟。我们吃完饭，也跑了开去，四处走走看看。河里漂着浮萍，将水映得碧绿；稻草垛黄灿灿的；地里还有些秋菜，拉着藤蔓；篱笆上晾着洗净的衣衫，乡气的红和绿。相比城里萧条的街市，这里显得很繁荣。

　　来的次数多了，人们和我们就熟起来，叫得出我们的名字，还晓得我们各自的绰号，常拿我们开玩笑。所以我们也就不好意思在他们面前，拿腔作调地读和唱，宣传这一档节目自然取消了。而蘑菇泥则好像永远掰不完，永远有得掰。掰着泥，与农家女人聊天。我们中间有一个是留过几年学的，年长我们几岁，家境且比较贫寒，与那些女人谈些柴米油盐的家务事，竟很投缘。她仿佛也懂几点农事，问出的问题挺在行。她们一件件地说给她听，我们一边听着，大多不懂，却也有听进去的，倒又学到一些常识。她们有时会给我们吃些零食，农家的磨牙物事：手指头粗的红薯，从喂猪的藤蔓上捋下来，煮熟了吃，皮也不剥，一两口一个；煮老南瓜的水，泛黄色，漂着些瓜瓤的絮，微甜，夹带着铁锅的生铁味，还有炒菜的菜籽油气。还有时候，掰着蘑菇泥，忽然有一个女人说："你们怎么不唱不念了，唱一个吧！"我们倒忸怩起来，推辞一会儿，才一起唱一支歌。她们却又要求："唱一段沪剧吧，《罗汉钱》！"我们不会唱沪剧，也不知《罗汉钱》是多么著名的沪剧，只能摇头了。

这些掰蘑菇泥的人中间，有一个男工，个子很矮，就像一个男孩，可是看脸相就看出年纪了。他看来是领头的，分配泥块，安排运送的劳力，宣布收工和休息。而且，他有一种特殊的威严，很令人信服。他坐在我们这一伙里，低头掰泥，听我们说话，偶尔插几句嘴。他的态度有些居高临下，还有些无可奈何，人家男人在外面做工，而他，在这里掰蘑菇泥。看起来，他也像是读过书的，说话常带书面语，对我们这几个从上海来的小学生，也并不流露特别的兴趣。妇女们待他挺好，与他打交道时，是用小心和郑重的口吻。

　　这一日，聊天聊了一个时辰，不知道又搭着哪一根神经，我们中的一个脱口问道："你们这里有没有地主或者富农？"那男工脸色立即阴沉下来，反问说："你问这个做什么？"女人们也不再说话，低头掰着泥。我们中间那年长的抬头瞪说话人一眼，这人便自知有错地缩回话头去。这日的聊天再也没能进行下去，农人们重新与我们有了隔阂。

大串联

　　大串联兴起的那一个冬季，满街都是黑衣黑裤的
外乡青年。有一日，在食品店门口，见一剪短发的女
青年剥着糖纸，将糖送进嘴里，对女伴说，上海的糖
很甜。我觉着奇怪，哪里有不甚甜的糖呢？又有一日，
经过里弄的合作食堂，见一阿姨给外来学生盛饭，籼
米煮成的饭，切成方形的一块一块，那矮瘦的男生至
少要了三大块，又没什么菜，不知如何吃得下去。这
些学生，间接地使我认识了外地的俭朴生活。

　　北京学生，却另当别论。他们似乎是学生中的上
层社会，带有特殊阶级的意思。首先，他们不穿黑，

穿军装。其次，他们的普通话特别标准，格外地清脆。
这两者，都是革命的标志。无疑地，他们是革命的领
导人。这城市里的政要部门，都是北京来的学生首先
发起冲击，打开运动的局面。他们走在街上，忽然地，
便从街面店铺里要一条板凳，也不管马路上车水马龙，
往街心一放，登上去，演讲一番。汽车自然就绕过他
们而行。

在他们到来之前，风声就紧，资产阶级人家忙着
坚壁清野。传说，北京的学生特别爱听玻璃和瓷器的
破碎声。还有，喜欢将墨水倾倒在床单上。于是，人
们便把墨水瓶倒空，玻璃瓷器集中在大麻袋里，要碎
一起碎，比较好收拾。小孩子呢，则把各人喜欢的东
西或处理或隐蔽。抄家已抄到这样的程度，连插座、
沙发垫都揭开来搜检。要说藏是无处可藏的，想保存
大约只有转移一条路。邻家，沪上著名绸布行老板，
三房太太的男孩子，比我长两岁，十五岁已经有了纨
绔的作风，他很倜傥地一手插在裤兜里，另一手企图
搭在我肩膀上，被我让开了。可是让开了他的胳膊又
如何让得开他的眼睛，他的小眼睛含着深情的笑意，

目不转睛地看着我，还未张口，我的心已软了一半。他要将他的集邮册放在我这里，等风声过去，北京学生离开上海，再拿回去。我能说什么呢？乖乖就范吧！他来不及等我点头，飞跑去拿来他的宝贝，但在集邮册之外，又多出两本风景明信片集册。

在这时期里，许多家庭都来了亲戚，外地口音的少年人，趁了大串联免费乘车的机会，来到从未谋面的亲戚家，住上一段。反正学校也停课了。他们多半没什么革命的意识，对上海这城市的好奇心，被亲戚家的居家生活也抹淡了。他们坐在后弄里，帮着剥毛豆、拣菜，和亲戚家、邻居家的孩子混得很熟，互学口音和俚语，搭伴到处走走。假日里，大人会尽地主之谊，带孩子上公园玩，这下子，就使他们困惑了，这空旷的水泥地坪，有什么可玩的？

我的表兄表姐们，都在大串联中走南闯北，也去了外地的亲戚家，开了眼界，积攒起人生经验。等我终于熬到进中学有资格串联，大串联却结束了。但关于串联的传闻不间断地传来，似乎随时有可能复兴。

有一日，我的表兄表姐们忽然来到我家，告诉我一个消息：次年四月，更大规模的串联将开始，他们策划要组织一次长征。我恳求他们不要把我落下，他们很宽仁地答应，看在我会拉手风琴的面上，接受我，但要我好好练习，到时候可尽宣传的义务。

此后我便积极练琴，争取学会更多的曲子。他们则继续修正他们的计划。下一次来，这计划中多出了一辆黄鱼车，他们说黄鱼车是不可少的，可载行李，不是还有手风琴吗？再有，食品，从现在起，就要积累食品，要带火油炉，那自然就有油，辎重是很繁重的，要有人走不动路，或是生病，就还要载人。至于到什么地方去物色黄鱼车呢？他们说了一个字，就是"偷"。再下一次，黄鱼车已变成了正式的火车，手风琴也从计划中勾除了，他们说，还是要乘火车旅行，这样可以去往更多的地方。第四次碰头，计划提前了，他们等不及到来年四月，今秋就要行动。如何行动，两个字：混车！混车的计划日渐成熟，大致是买站台票进站，分头从各节车厢上，然后在某一节聚集，不要到目的地，而是提前一站下，沿铁路线走入要去的城市。两个最年长的表兄，还特地去火车站"打样"。晚上，他们用站台票进了站，火车排在站台边，车警、乘务员守在车门，串联过后的站台，格外冷清。他们回来后，自动取消了混车的计划，他们说不可能成功，因为，车站的气氛，是那样。什么样子？他们用了"肃穆"这个字眼。

这城市里的政要部门，都是北京来的学生首先发起冲击，打开运动的局面。他们走在街上，忽然地，便从街面店铺里要一条板凳，也不管马路上车水马龙，往街心一放，登上去演讲一番。

喂小鸭

一边瓣泥，一边和农民说话，太阳晒在身上，暖烘烘的。扑鼻
而来是干草香，鸡在身边啄食，悠闲安逸。市内的喧嚣，在很远的身后。

借宿

这一日早上，不期然地来了客人，是我的大舅舅。并不是星期天，文化革命的紧张又肃杀的气氛，也不适合寻亲访友。大舅舅呢，则神情肃然，亦不是做客的表情。已准备上班去的妈妈，重新坐下，与大舅舅谈了几句，然后，两人都又立起来，先后出门去了。一天过去，傍晚时，大舅舅又来了。他穿了黑色的呢大衣，下摆被风吹起来，手里什么也没拿，就那么插在大衣口袋里，看上去很不像是出门的样子，而是，不过临时走出家，在附近散一散步。但因走得快，整个姿态就有些惶惶的。他从我身边过去，不知道是没看见，还是没心思，一点没理会我。这天晚饭，大舅舅和我们一起吃，依然没有待客的气氛。大舅舅早早吃完就坐到一边去，而我们，因有外人在不得不收敛一点，父母则很少话，既不和我们啰唆，也不和客人多说。一顿饭沉闷地过去，吃饭后的时间也沉闷地过去。

当天晚上，大舅舅没走，他睡在爸爸妈妈的小房间里，爸爸妈妈睡到了我们的房间里，与我们挤在一处，保姆则到亲戚家借宿。可是，这奇特的留宿依然没有快乐的气氛，甚至，有一种不安，主客都格外地缄默。第二天早上起来，大舅舅已经不见了，房间里空着，床收拾好了，显然是出自一双不熟练的手，被窝歪扭地卷着。这一天，大舅舅要早些时候到，而妈妈似乎也比平时回来得早。他们坐在靠墙的方桌两边，神色都有些严峻，正在说着什么，但因为我突然闯入，便缄口了。晚上，仍然是，大舅舅睡爸爸妈妈房间，爸爸妈妈和我们挤，保姆出去借宿。下一天一早，大舅舅便离开了，床上留着一个笨拙的被窝卷。可是，晚上，大舅舅没有再来。爸爸妈妈睡回了他们的房间，保姆也睡回来，一切恢复了原状。

早上起来，妈妈对保姆说，拆洗一下被子。大舅舅将妈妈的被子睡颠倒了，脚当头，臭得吓人，不知他几天没有洗脚了。

妈妈说最后一句话时神色变得凄然。大舅舅不再上门，妈妈似乎松了一口气。只是有一天晚饭后，妈妈削着一个苹果，削着削着，沉寂下来。停了一会儿，她携着这只吊着一条长皮的苹果，走到爸爸身边，带着些惶然地说，大舅舅忽然不来了，不知是不是因为那天她问的一句话。她问道，他住在这里，倘若别人问起，她该怎么说？其实，她并没有别的意思，就是问一下，她应该如何回答合适。大舅舅可能以为她是在逐客了。妈妈的脸色很沮丧，她也不知道，大舅舅这几日在哪里度过。

母亲他们在这城市里，没有别的亲戚，仅兄妹几个，每个人都有大小问题，朝不保夕，而大舅舅其时是博物馆馆长，名副其实的当权派。在这运动还未全面展开，又不知前途究竟如何的时候，上级领导也不知该怎样应对，只是让他们暂避红卫兵的冲击，自找藏身之处，于是大舅舅找到了我们家。

　　我们家住的是那种新式里弄房子，按结构是一家人住一幢，可事实上却挤挤攘攘地住了四家，并且是交错相邻而居。除三楼一家相对独立之外，其余三家共同使用着厨房、大卫生间和小卫生间。前边有个小花园，与我家相通，可也只是原则上属我们独用，隔壁人家晾衣、晒被、种花，都坦然穿过我们家房间，径直走去花园。要命的是，这些家庭还都同在一个文化系统工作，所以妈妈向大舅舅提出问题并不是没来由的。家中来一个客人，并且是借宿在此，谁也瞒不过谁，况且又是大舅舅这样的熟客人，人们都认得出来。大舅舅虽然不再来了，可他遗留下来的不安空气，一直笼罩着我们家。直到有一天，大约是一两周之后，事情才有了改观。

　　这一天，夜里，我和妈妈挤在一张床上起腻，因我感觉到妈妈的心情忽然轻松起来，有了些兴致，所以才敢放纵自己。然后，妈妈贴在我的耳根说，隔壁的舅舅一直住在他们家，大约也是来避风的。妈妈的脸上流露出算得上兴奋的神情，似乎是，陡然地，生活回到了安全之中。隔壁的舅舅是一个大厂的党委书记，亦是当权派。然而，我们还是不知道，这些日子，大舅舅在哪里过夜。虽然是在一个城市里，甚至，我们与大舅舅家，只相距两条马路，可是，彼此音讯全无。

居高楼上

　　这一段时间，真是够血腥的。家中保姆、邻家阿婆，常常神色惶惶地跑回家来，报告哪里的楼顶跳下一个人来，躺在血泊中。又常见谁家门上，被张了帖子，上写："自绝于人民，罪该万死。"这些人是运动中第一批遭受冲击的人，他们突然从安定的正常生活中被推进癫狂的浪潮，感受大约特别尖锐。到了后来，似乎，多少有些"皮"了，虽然时世动荡更为惨烈，但这种激烈的行为倒像是不那么多了。人，比较地容易苟且了。而最初的日子，是异常地惊惧。

　　这些自尽的人，大多选择跳楼，也是这城市的高

楼提供的。许多较高的公寓楼，大多都是敞开的，可
供自由出入，电梯虽然有电梯工，看见陌生人会询问，
可电梯旁的楼梯却是自由通道。我们就常常潜进去，
一层一层，直攀到楼顶平台，天空突然间广大起来，
而且高远，风变得浩荡，呼啦啦从耳边游行而过。几
乎，连绵的瓦顶都到了脚下，飞翔的鸽群也到了脚下，
街道变成峡谷，电车、汽车就像甲壳虫，人是直立的
蚂蚁。这种角度改观使我们兴奋，又有种肃然心情升
起，觉着自己高大，又觉着自己渺小。世界天地也在
这两种概念中互换，重新寻找比例和位置。

　　我的舅舅家住在闹市中心一幢公寓楼里，这一幢
呈椭圆环状的公寓大楼，几乎占了一个街区，是这里
的制高点。每年国庆之夜，我们几家亲戚便聚集到舅
舅家，等待着焰火。我们簇拥在阳台上，正好面向作
为烟花燃放点的人民广场。时间一到，在一片楼顶上
边，火树银花便绽放开来。这一日，街上行道树间，
都牵起了彩灯，建筑的边缘也镶了灯，算得上是璀璨。
灯火将黑色的天幕照得通明，然后渐渐熄灭，余烬布
得很开，发出喳喳的声响，底下是惊呼，人潮涌动，

一片太平盛世景象。在平常的节日里，白天，妈妈带我上这里来，阳台上所见，则是另一番情形。

公寓楼越过一条马路的对面，是一片弄堂房屋，显然是比较密集嘈杂的居住生活，有着热闹的气象。远望过去，那顶楼晒台就像积木搭成的玩具，活动着小人国里的人，有一种游戏似的效果。我总爱看那里的人和物，像是木偶剧，可其实知道是真的，那一具具的小晒台，装有自来水水斗，有个女人在星期天的早晨，总是忙个不停。晒台晾有衣服，随风鼓吹，荡漾不宁。还放有极小的花盆，盆里栽着花草，竟还开出色泽鲜艳的花。有的屋顶上建着鸽笼，一个男人攀上攀下，爬进爬出，鸽群在那一片屋顶上盘旋。只见一个个小黑点移来移去，可是，突然，不提防地，鸽群朝这边过来，呼啦一声，掠到背后，方才知道它们速度极快，而且翅膀与腿脚相当有力，能感觉盖过头顶的压力。那里也有小孩子，玩着很幼稚的吹泡泡游戏，在晒台上放风筝，或者低头朝底下的行人吐口水。在他们看来，他们所居之处，亦是高而且广大的。

我表哥有一个高倍数的望远镜，据说是作战时用来瞭望的。其时，我们就用来看对面楼顶，男人、女人、孩子在有限的视野里，变得动作很大，总是侧过来，背过去。看不清他们眉目和表情，只觉得格外地忙碌，而且专心。又因为只是一个局部，显得没来由，就有些傻。我们总是笑话他们，比如有个男人，爬在一面瓦顶上，对着屋瓦长久地出着神。可你发现他手里正拿着一片瓦，原来是在补屋顶的漏，这才不觉着有那么滑稽了。那些屋顶上，显得很凌乱，东一片油毛毡，西一片水泥板。老虎天窗外，或晾晒衣服，或摆了一个篮，篮里是米，或是腌菜。有时伸出一个头，茫然地朝外面望望，大概也在望我们。

到了这时局，我舅舅家的楼，也成为自杀者的选择之一，而且，往往是在面朝闹市的这一面。不是说，这是一幢环形的公寓楼吗？在另三面，就是比较僻静的小街。而环形中心，则是大楼的后门，所通向的大天井。天井顶上，有一些天桥之类的建筑，说不定会挡住跳楼者的去路，或是不能死，或是使形容更惨烈。不向小街的闹市，也许是怕遗体不能及时发现，或者，多少是要向这济济人世作最后的抗议。总觉着，这些跳楼者为这一跳作了缜密的考虑。只是，不由得要去揣摩，当他们登上高楼，面对那沸沸腾腾的生活，他们会有如何的心情？也或许，他们恰是要作一个正面的告别。

入学

我们本来应该在一九六六年的七月小学毕业，九月入中学，但因"文革"开始，万事搁下。于是，我们便滞留在小学里。这时节，我们猛长了个头，尤其是女生，都有了少女的模样，与小学生仍混迹一处，颇觉难堪。所以我们也并不到校，其实是走上了社会。这些日子里，关于什么时候，又是如何进中学，猜测与传言极多，一时说要废止中考，以地段入学，一时又说要恢复中考，但要把家庭成分作为计分条件。中考本是令我们恐惧的，在小学校里以学习成绩划出的阶层，在中考时便具体体现，等级清楚的中学将提前在人群中分出差异。在我们居住的这条街上，三所中学就表现出极强的阶层感。

在我们家的前门，就是说小院子的铁门打开，隔条弄堂的黑色篱笆墙里边，有一所女子中学。上海的女子中学中有几所来自贵族式的教会学校，一直保持有较高的品质，被列为市或区的重点学校。而这一所并不是重点，甚至连高级中学都不是，仅是初级。大约因为没有男生在场，学校里的女生特别放纵，大声说笑，举止粗鲁。我们跟了大人，都叫她们"疯"。每有邻人家的女孩，因分数不够格，被录取到这学校，都被视为不幸。并且，无意识里，我们已渐长大，内心多少对异性有些模糊的向往，就更不愿进清一色为女生的女中了。

与我们家的后弄相隔一堵墙，是昔日的震旦女子大学，楼顶上有一立柱拱顶小亭，立有玛利亚①和圣子耶稣的石像。映在天际上，轮廓粗略，不知怎么有点中国汉代石刻的浑圆素朴风格，母子二人都显得敦厚，很是亲切。这大学，自一九四九年后便降为高级中学，学校一分为二，一为中学，一为某机关，我们爱称它

① 编者注：震旦女子大学为天主教大学，在天主教中，称马丽亚为圣母玛利亚，故此处保留原译名。

"党校",也许真是党校,也许只是旧市民对新政权所有机构的尊称。中间的礼堂为两家合用。

这所中学全市著名,不仅是师资力量,而且它的话剧社亦是有传统的,曾经用英语排演莎士比亚名剧,到了近时则排演全场革命话剧《年轻的一代》和《千万不要忘记》。在好几部全国上映的电影中,有其学生饰演的角色。从这学校出来的学生,气质亦很不凡,衣着洋派,眉目清朗,显见得生活优渥。于是,在文化革命前夕,有一期名为《支部生活》的党员学习刊物上,专门登有一篇报告,赞扬这所中学一名优秀辅导员,如何在校内为提高工人子弟的权益、地位作斗争。其中一个细节,是有关工人子弟与中产阶级子弟争夺篮球场的纠纷,她为工人子弟撑了腰,显然有换了人间的意思。可大家还是一心向往于它,听年长的学兄学姐说,它的教室两侧,都各有凹壁,嵌装了洗手池,为化学课做实验洗手用。

在这所中学的街对面,又有一所初级中学,似乎是一个新校,比女中还名不见经传,人们连正眼都不瞧它一下。可在此时,它也列入了我们入学的可能性内。倘若是按地段街道分，这三所学校便是我们的去向。要是进行中考，尚有一线争取的希望。到此时，我们又开始愿意中考，每当这类传言兴起，便将课本翻出复习，同时还大背毛主席的语录，因也有说，考试以背诵语录为要。这备考的风潮，很快就被漫长的拖延熄灭。大多数时间里，是什么消息也没有，人又涣散下来。显然，上面拿我们这些人，不晓得怎么办才好。中学里的学生也积压着，因大学停办，只有学龄儿童，总算还在按期入校。小学校里早没了我们的教室，看那些新生，简直像是儿女辈的，真令人厌烦至极。

一直到下一年的年底，冬季，我们这一届的分配方案才算下来。发入学通知这一日，我们个个坐在家中，紧张得浑身打战，待到邮递员自行车铃响，脚都软了。弄堂里闲来无事的大人小孩簇拥着邮递员，帮着喊人。送通知的情景久违了，这时复又再现，大家都极兴奋，不管怎么说，这多少预示了正常的生活即将来临。喊到我时，十来张脸拥在我的手边，待我打开那张薄薄的通知，便一并惊叫道："又是一个！"

放大的时间

这条弄堂里的孩子，全都入了后弄大墙内、顶上有圣母圣子像的中学。进校第一日，老校工张开手，拦阻着新生人流，查看入学证。拦到我时，忽犹豫了一下，放开了。这时才知道，我的形象早已超过了同龄的孩子，成大人了。

公共浴室

那时，我一直渴望能在体校的公共浴室里洗个澡。

这是一所区级的少年业余体校，区内各学校经过挑选与考试的中小学生，课余时间在这里进行体育训练。这所少年体校有两个项目，篮球和体操。于是，就有一个体操房，铺满垫子，上方垂下吊环，安装着单杠、双杠和鞍马。体操房外，隔了露台，则是操场，立着篮球架，沙地上用白粉画了线。这幢西式房子看来既不是为体育训练也不是为学校设计建造，它原先完全可能是一座民宅，后来才改为他用。它的房主是谁，其时又在了哪里，就不得而知了。之所以这么判

新学期开始了

从这学校出来的学生，气质亦很不凡，衣着洋派，眉目清朗，显见得生活优渥。

共产党万岁

毛主席万岁

人民心社石岁

　　每年国庆之夜，我们几家亲戚便聚集到舅舅家，等待着焰火。我们簇拥在阳台上，正好面向作为烟花燃放点的人民广场。时间一到，在一片楼顶上边，火树银花便绽放开来。

断，是因为体操房的壁饰、穿顶、门窗、四周的回廊，
都显现出一个豪华客厅的格式，而操场也像是将原先
的花园推平改造的。操场边的耳房，过去一定是搁置
园丁工具的房间，现在作了食堂。巴掌大的地方，只
放得下两张白木方桌，傍晚时候，就挤着放了学的孩
子，埋头从搪瓷盆子往嘴里划饭，准备参加晚上的训
练。楼梯口的房间，过去大约是衣帽间，现在也是衣
帽间，是孩子们更衣的地方。在到顶的储物箱底下，
壅塞着汗气腾腾的孩子。储物箱是不够用的，前班人
的衣物还未取出，后班人的衣物便推进去了，放错或
者穿错的事情经常发生，丢失的事情也会发生，当然，
也有多出东西的情形。总之是混乱的。在这逼仄的更
衣室里面，就是浴室。

　　浴室里四壁瓷砖，显得宽敞明亮，事实上呢，也
是逼仄的。莲蓬头底下，簇拥着精赤着身体的小孩子，
水声夹着尖叫，简直炸开了锅。这些小孩子，大多是
没发育的身子，胸前的肋骨就像搓衣板。尤其是体操
班的那些，身材更为短小干瘦，一个个鸡雏似的。篮
球班的当然身量骨架要大，可是因为这"大"，更来

不及长，于是就更显嶙峋，也像一种禽类——鹭鸶。高年级班的女生，已趋成熟，她们身体匀称，肌肤丰盈，神情傲慢地穿过小女孩子们，而小女孩子也自动让开一条路，让她们经过，走入靠里的两间单人浴室。没有哪个小孩子会去占领单间，那是属于大孩子们的，她们看上去就像两代人。

而我，处在她们和她们之间。我的身体正起着一些微妙的变化，具体的我也说不上来是哪些变化，我就是觉得和她们两边都不一样。那些小女孩子，在我看来是天真的，我已经不天真了。大女生呢，她们又怎么瞧得上我？她们两边都是坦然，因为都是无邪，而我却有邪。变化就是在这里，我总是心怀鬼胎，觉着自己不洁。我非常羡慕她们，能够如此肆无忌惮地全裸着身体，她们的身体在四壁瓷砖的衬托，还有顶上日光灯的照耀下，纤毫毕露，没有一点秘密。而我，藏着秘密。

我的秘密藏在我的衣服里面。冬季里，我穿着层层叠叠的衣服：棉袄、毛线衣——一件粗毛线，一件细毛线、最后是衬衣，里面藏着不可示人的秘密的身体。我自己都不敢看自己的身体，总是在晚上，关了灯脱衣服，换衣服，然后哧溜一下钻进被窝。好像略微拖延一下，我就会忍不住地，去窥探它。就是说，它对我其实是有诱惑的，这诱惑令人害怕。好了，现在我钻进了被窝，厚厚的被窝包裹住了我的秘密。我甚至害怕嗅到身体的气味，这气味也会泄露一些秘密的。在黑暗的被窝里，一个人悄然受着秘密的咬噬，至少是安全了，可是很孤独。多么想走到光天化日之下，公开这身体。然而，等第二天来临，还是一件一件将它裹起来，衬衣，毛衣——细毛线，粗毛线，再是棉袄，将自己穿成一个圆球，身体是圆球里面细小的芯子，就像没有了似的，这使人感到轻松。我觉得我和其他人没什么区别，就可以态度坦然。

少体校的更衣室却将现实推到眼前。更衣室壅塞着冬天捂在衣服里的，发了酵的体味。小孩子又清洁又不清洁的体味，也是像小鸡雏似的，带着青草味，又带着鸡屎味。皮肤的微屑飞扬在空气里，看上去就像氤氲似的。小孩子推搡着，这个倒在那个身上，那个压在这个身上。我也羡慕她们那么坦然地互相触碰，因为我不敢，我的身体在变化，我不能够继续与小孩子为伍。那些大女生呢，她们看也不会看我一眼。我的处境就是这么不尴不尬。

从更衣室的一扇门可以看见浴室，每一个莲蓬头底下挤着一簇人，湿淋淋的像一丛雨中花，宝石花那样肉质的花，开在热气弥漫之中。我都不敢看她们，怕自己会眼馋地流出眼泪，我多么想进入她们，成为她们中的一员。可是，我与她们之间却有着隔障，那就是，她们还是孩子，而我，渐渐在离开孩子的形貌。目前，这还只有我知道，我紧紧地藏着它。这个秘密虽然被我藏得这么紧，却依然慢慢地、却很用力地挣破出来，以天知道的方式，修改着我的外部。

这一个时期里，我总是会引起陌生人的注目，我和他们一点不相干，可他们却常常来干涉我，让我大感惊惧。有一次，我随母亲到布店买布，一个店员老是看我，奇怪的是，他这样的逼视，并没有让母亲感到不安，她一心一意挑选着花布。而那店员干脆就随我们而来，我不由退缩了。就在这当口儿，他说话了，但不是对我，而是对我母亲。他说："你要带你的孩子去验血，她手上的颜色很像是血小板缺少症。"
他指着我的手背，手背上是冻疮留下的疤痕，成片成
片，几乎覆盖了整个手——手指和手背，两只手完全
失去了原有的肤色。母亲向他解释说是冻疮造成的缘
故。他惊叹道，竟然有这么严重的冻疮！他还想再看
一眼，以便作出判断，而我将手藏了起来。最后，他
又说了一遍："还是去验验血好。"又有一次，也是
在布店，不过是在另一家，那里的店员指出的毛病更
加耸人听闻。他指着我两根锁骨中间下方的位置，说
我有鸡胸的症状。我不知道这些店员——一律是老年
的男性——为什么都要对我盯住不放。他们都是那种
富有生活经验的自得的表情，想要辅导我妈妈育儿方
法。他们几乎一辈子在这充满了布屑和布的浆水气味
的店堂里生活，他们最大的本事不过是在对折的布上
齐缝剪一个小口，然后两手一张，唰的一声扯下一段
布，折起来，形成一卷，围上一张牛皮纸，拦腰系一
根纸绳，拈着纸绳的手，很花哨地一起一落，将布卷
凌空打个旋，扎住了。还有，就是将票据和钱夹在一
个铁夹上，铁夹呢，挂在空中的铁丝上，然后举手一送，

哗一下，铁夹捎着票据和钱，滑到账台上方。这就是他们的全部天地，可他们却显得天上地下，无所不知。

不过，有一回，一个老店员却给我还有母亲解决了大问题。那是一个中型的百货店，就在我家的弄堂口，我妈妈带我去买冬天的棉毛裤。像我这样比同龄人早抽条的孩子，现成的衣裤总归是不合适的。宽度正好，长度就不够，长度正好，宽度就套得下两个我。而棉毛衫裤这类东西，又不可能量身定做。这一回，那内衣柜台的店员向我们提出一个很好的建议。他对妈妈说："带你的孩子去体育用品商店，买男式的运动裤作棉毛裤，男式运动裤的门襟是不开缝的。"我妈妈欣然带我前往弄堂对面的体育用品商店，果然买到了合身的暖和的内裤。可是我却并不高兴，因为老店员的建议暗示我不像是一个女孩子，我只能到男性的衣裤中找尺码，这让我心事重重。

就连大街上都有人对我指指点点，他们全都是火眼金睛，又好像我已经有了记认，那些秘密的记认，它们躲不过有经验的眼睛。所以，我既不能与小女孩子为伍，大女生且看不上我，成年人呢，则使我骇怕，他们窥得破我的秘密。我只能够独自一人，这使我的形貌举止更加古怪。有一回，我和我少体校的同伴走在马路上，谢天谢地，我总算，至少在形式上，还有一两个伴。我想她们只是出于面子关系，不愿太给我难堪，才邀我一同进出。但这是在表面，内心里，我与她们相距十万八千里。这一天，我们一起走在去往少体校的路上，从热闹的大马路弯进一条小马路。小马路上依然是热闹的，嘈杂的热闹，不像大马路那么华丽。这里走着的显然是居家的住户，身上携着柴米油盐的气息。我们穿行在他们中间，很快就发现了那个尾随者，严格地说，是我发现的，她们木知木觉，兀自走路和说话。我发现了那个尾随者，他从大马路上开始，就跟在我们身后，也是老年男性。在我们那个年龄，老年是指三十五到四十五岁之间。他矮墩墩的个子，穿一身洗旧的蓝制服，手里提一个也是陈旧的黑色人造革包。这个年纪，无论怎么看，都是陈旧的。他随我们从大马路弯进小马路，相隔五六步的距离，一点不掩饰他的跟踪。紧接着，我惊恐地发现，他跟的其实只是我们中的一个，那就是我。他眼睛看着的就是我，而且很奇怪地，带着微笑。我加快脚步，那两个同伴自然也加快了，我们都是少体校的训练生，有一定的身体素质。可是，那跟踪者也加快脚步，于是，缩短了与我们的距离。他好像要找上门的样子。我已慌了手脚，几乎哽咽起来，同伴们终于发现了我的失常。不待她们向我发问，跟踪者已经走到与我们平齐，脸上的微笑更明显了。他看着我的脸——他果然是冲着我来的，他说："你这里长了个什么？"他用手在他自己的腮上比画了一下。我照了他的手势触了一下腮，那里有一片瓜子仁，是方才吃果仁面包黏到脸上的。他这才释然，离开我们走了。同伴们也回过身，继续走路，仿佛这一幕没有发生过一样，我可吓得不轻。我不知道，她们有没有遇到过类似的事情，说不定，也有过，只是她们装得没事人的样子。小孩子就是这样讳莫如深，为了保护她们的尊严。

　　遇到这许多古怪的事，让我对自己更加害怕，我一定是什么地方不对头了，否则怎么解释？人们显然从我的身上脸上发现了什么！我下决心要改变自己孤独的面貌，走出离群索居的处境。虽然我也有同伴，可我的心，依然离群索居。怎么改变呢？在公共浴室洗一个澡是个办法。

我渴望融入水珠飞溅中的那一群，成为盛开的肉色花朵中的一瓣，那夸张造作的叫嚷声里也有我的声音，肆无忌惮地相互触碰身体。我的身体在敞开中与大家接近，接近，直至完全一致，没什么不同，那隐秘的变化就此消散，无影无踪。我将再无负担，无忧无虑。可是，怎么才能在公共浴室洗澡？我跨不出这一步。每一次，在更衣室，我只能将衣服脱到衬衫这一层，然后赶紧套上运动衣；或者，脱下运动衣，赶紧套上毛线衣和罩衫。转眼间，我的身体又成了芯子，密不透风。我沮丧地从挤挤的身体丛里退出去，说实在，那气味真的很够呛。如此坦然的浑浊，也是天真的。我走出更衣室，清冽的空气扑面而来，头脑是清醒的，清醒得不快乐。我愿意混入那浑浊的、带了鸡屎味却并不自知的空气里，那里有一种安心和安全。

我想，我还是先争取在公共食堂吃饭。那潮湿的，油腻的，白天也要开灯的水泥地小屋里，人叠人地挨在白木桌边，从搪瓷碗里划饭吃，有着一种虽然不完全裸露却也是肉感的挤簇的快乐，这也是一种集体生活。于是，我向我的同伴之一请教加入伙食团的手续。在我看来，这一个同伴比那一个更不嫌弃我，可能这全是出于某一种错觉，我觉得她比较对我随便。偶尔地，她会勾住我的肩膀，这也是因为我们都是大个子，要是在各自的学校里，很少有同龄人能够到我的肩膀。学校里的生活是严谨的，同学之间也比较矜持，我们在一起就是上课下课，接受文明教化。所以，在那里，我们都是套中人。而在少体校，我们过着一种多少是肉体的生活。我们，无论是体操班还是篮球班，都在以不同的方式训练着肌肉、骨骼、韧带，提高弹性、力度、控制力。我们在这里，身体从套子里钻出来。

再说回到在公共食堂吃饭，我请求这一位同伴带我入伙食团，她欣然答应。我将向妈妈要来的一块钱和一斤粮票交给她，她很熟练地一计算，说："买一斤饭票和八角八分菜票。"我很纳闷，我的一块钱怎么转眼间就成了八角八分？她向我解释了许久，她说就算是白饭，不仅要粮票，还要钱，她甚至将柴火钱都算进来了。我的脑子却只在一点上，就是：为什

么一块钱只能换成八角八分菜票？最终她的解决办法
是："你再加上一角二分钱，那么一块钱就还是一块
钱。"我们这些人在少体校里练的，真像人们说的，
四肢发达，头脑简单。带着这笔糊涂账，我们一同来
到少体校的食堂，食堂回答我们，因为要求入伙的人
太多，新近规定需要有教练的签名。于是我们又去找
教练，教练是一个中年女性，戴近视眼镜，个头并不
高，看上去不像是个篮球教练，而是一般的教师，只
是从粗糙的黑皮肤和干枯的头发上，可见出户外活动
的痕迹。她问了我家离少体校的距离，父母是否双职
工，家中有无人烧饭等等情形，最后的结论是我不够
入伙食团的资格，应该在家里吃好饭再来训练。眼看
着事情泡了汤，忽然间我的同伴插言道："可是，她
今天怎么办？她今天还没吃饭呢！"教练说："今天
我请你吃！"于是我们三个人一起走进食堂，在白木
桌的一角坐下。这一顿饭真够我吃的！籼米饭又干又
硬，搪瓷碗的边是倾斜的，很难把饭划进嘴里，一旦
划进嘴里，又咽不下去了。我不敢伸筷子揀菜，在我
看起来，盘里的菜少得不可思议，我只能从盘边上拖

几片菜叶。教练让我吃盘里唯一的一只酱油蛋，我没敢碰它，她也没有坚持。

吃食堂不成了，事情还是回到公共浴室，我总得做成一件。这少体校的肉体的生活啊，真的让人骚动不宁。我的同伴——我还是得靠她，她有一日对我说，和那些小孩子一起洗澡实在太吵了，就像鸭棚。然后，她提议："星期四的晚上，只有一个高年级篮球班训练，我们来洗澡好不好？"我发现她并没有注意到我从来不在公共浴室洗澡，所以才很自然地向我发出邀请，于是，勿管情愿不情愿，我都只有点头了。没曾想，洗澡的机会这么轻易地来临了。也许，事情本来就是这样，自然而然，我很快就会突破禁区，从此，敞开我的身体。

星期四的晚上，我们俩走进了少体校，少体校里很安静，安静得有些肃穆。我们从来没有在这个日子来过这里。我们来到的时候，这里总是壅塞着小孩子，领衣柜前人头攒动，他们同时喊着自己的号码，一身身汗臭的球衣和一双双脚臭的球鞋从人头上传递过来。而此时，没有人，灯却照样亮着。越过体操房和露台，传来篮球撞击篮板的砰砰声，落在沙地上略为暗哑的声音，还有教练，一个男教练的吆喝口令声。我们经过冷清的前厅，领衣柜台的灯下空着，那专门负责收运动衣的老伯伯不知道去哪里了，我们直接进了更衣室。储物箱的门或开或关，看得见那些推拉的手是多么粗鲁没有耐心，箱内空空如也。代替小孩子的鸡屎味的是一股水泥和木头的凉森气。我们任意选择了储物箱，没有人和我们争抢。我的同伴迅速脱了衣服，而我还留着一条短裤和一件衬衣，身上顿时起了鸡皮疙瘩，牙齿打着战。同伴她奔进浴室，旋开了莲蓬头，转眼间，就将热气蒸腾，暖意洋洋，出一头一身的大汗。可是，莲蓬头没有水。她哆嗦着又去旋下一个莲蓬头，再下一个莲蓬头，都没有水。她裸着身子，奔来跑去，因为急切，也因为冷。她完全地不像了，不像那个裹在衣服里，与我同出同进的人。我心里不由生出一种嫌恶，还有悔意，今天真不该来的。可是，我忍不住要羡慕她，羡慕她的坦然、不怕羞，这可能就是因为，她没什么不可示人的秘密。我有吗？我好像是有的，因为我不能像她那么公然敞开。那就是有，又是什么呢？不知道。我不了解，不了解我的身体。忽然，她欢叫了一声，有一个莲蓬头洒下了细细的水珠。这完全可能是停水之前，储留在水管里的一截热水。因为缺乏压力，流量很小，竟一直那么洒下来，在半空中便不见了。她站在莲蓬头下，招手要我过去。

我穿着衣服走去，就这么走到莲蓬头底下，就在这一刻，莲蓬头又止住了洒水。我身上已经洒到几滴水，衣服半湿。她呢，仰着头摇一棵树一样摇着水管，又摇下来一些水珠，就像一阵梧桐雨。她的头发全湿了，贴在头皮上，显现出头颅的轮廓，看上去很像一只猴子，小猴子。我甚至不敢看她，好像会看去她的秘密，我们都是有秘密的年龄。奇怪的是，她对自己的秘密全无自知。她摇了这一杆水管，再去摇下一杆，每一杆都被她摇下一阵子水珠。正摇得兴起，进来几个大女生，她们喝住了她，让她住手，说她要把水管摇坏的。她们头发湿淋淋，脸上红扑扑的，透出洗过澡的洁净暖和的颜色。这说明，少体校里，还另有一个洗澡的地方，也许是教练们专用，而她们也可以跟着享用。

　　有了这一次未完成的洗澡，我再也不动念头，公共浴室最终成为我不可逾越的禁区。之后不久，因为训练成绩欠佳，我被淘汰出少体校，我又回到单纯的套中人的生活。有时走过少体校门前，我会惊异在这石头基座、拉毛墙面、堂而皇之的欧式建筑里，其实是藏着一种烘热骚动的肉感的生活。而我已逃离出来，不必再为自己的身体害臊，又为这害臊折磨。

　　几年以后，我们成为中学生，下乡劳动。在农人屋舍的泥地上，我们两个一对，两个一对，将各人的被子一条铺，一条盖，然后挤在一个被窝里。我们每晚相拥而睡，就像一对甜蜜的恋人。不知从什么时候开始，我的身体的秘密消失了，不是烟消云散，而是，瓜熟蒂落，离开了我，就像果子离开了树。

打一电影名字

　　曾经有过一个时候，所有的电影院都关了门。不多几日，便有些惶惶的了。先是听说淮海中路贴了一张江青批判电影的大字报，大家立刻结伴前去学习，老远就见大字报前围着里三层外三层的人，有小孩，更有大人。江青批判得很仔细，每一部电影都拿过来慢慢地批，大家就慢慢地学习。批到末了，只剩下七部电影没有问题。七部电影里有《地道战》《平原游击队》《分水岭》和《海鹰》——《海鹰》里只有一个镜头是不好的，就是王心刚和王晓棠坐在摩托车里吃苹果，说是很像"摩托女郎"。想到他俩，我心里不由一颤。

放大的时间

回家的路上，大家一直在谈论他们。楼上的毛毛说过电影院里挂着明星们的照片，王晓棠的一张是披着白纱的结婚照，漂亮得、漂亮得一塌糊涂。隔壁阿五马上接过来说，王晓棠的老公就是王心刚。隔壁的隔壁金金则说不是，于是就争了起来，争了一路。

从此，心里有了希望，不久的将来又有电影看了，只有七部也很好，总比一部也没有好。虽说都是看过的，可是再看自有再看的味道。果然，不久，电影院开门了，不是放那没有问题的七部电影，而是放"批判电影"：《红日》《林家铺子》《不夜城》和《兵临城下》。光是听听这些名字，就简直叫人闭过气去了。只是票子很难搞到，就算搞到了，也进不去。因为我们都是小学生，小学里不开展"文化大革命"，所以小学生不能参加红卫兵，不能串联，自然也不能批判"毒草"电影了。不过，有一次，我们还是混了进去，刚坐下，就有查票的来说话了：

"你们是怎么进来的？"

"凭票进来的。"毛毛代表我们回答。

"小孩子不能进来，你们知道吗？"

"我们怎么是小孩子呢？"毛毛反问道。

"你们要出去。"那人简要地说。

毛毛理直气壮地说："弄堂里我们和人吵架，人家都说：'你们这么大了还吵，你们这么大了还吵！'怎么这会儿又说是小孩子了？哼！"

那人不再说话，直接来拉毛毛了。我们再也坐不下去，全站了起来，拥住毛毛："算了，算了，我们走好了，有什么稀奇？我们走！"我们拥着马上就要哭出来的毛毛走出了观众席。走到外边走廊上，毛毛忽然站住了，小声说："上厕所去。"我们跟着她一头扎进了女厕所，一起挤进一个小间，反插住门。就这样我们一直躲到外面响起电影音乐，才悄悄地溜出厕所，摸黑找到座位。我的心跳得很快，扑通扑通的，除了心跳，什么也听不见了。心里不由得盼望电影快快地结束，好彻底逃脱。可是，很快我们就被林老板的遭遇吸引住了，一个个泪流满面，将什么都忘了。

批判电影放映的同时，外面还开始编印批判电影材料，批判得很认真，一段一段地拎出来细细地批，细细地学习一遍，就跟看了一场电影差不多了。金金的爸爸常常能借到这种材料，金金便拿来给我们大家看，只是时间苛紧得不得了，只能借出一个晚上，甚至半个晚上，一个人还没看完，金金就催命似的来催了。

这天，阿五家里来了一个客人，是她的表姐，一个中学生，我们跟着阿五一起叫她小妹姐姐。中午，我们不愿意睡午觉，都聚在后门口有穿堂风的地方谈"山海经"①，谈啊谈的又谈到电影明星的身上。阿五第十八遍地说那个女学生为了一个大明星成了"花痴"的故事；金金第三十六遍地讲《红色娘子军》扮琼花的演员是在马路上和人吵架、一下子被导演看上了的，这种幸运真不是每个人都可以梦想到的；毛毛则第七十二遍地哼《五朵金花》里的插曲，只哼完半句："蝴蝶泉边……"下文便没了，她就自由地乱哼，很快就迷失了，不知哼到哪里去了。这些故事永远和第一遍讲的时候那么新鲜，具有不衰的生命力。小妹姐姐一声不吭，只是在旁边静静地听着。等到这些烂熟的故事讲完了，只剩下一片此起彼落的叹息，她忽然说话了：

① 编者注 "山海经"，沪语聊天的意思。

"我们来猜电影名字好吗？"

"猜电影名字？"我们转过头，诧异地看着她。

"猜电影名字。"她肯定地说。

"这怎么猜啊？"毛毛说。

"这有什么好猜的？"金金说。

"我可以教你们。"小妹姐姐说，接着她就开始教了。其实这并不难学，很容易的，就是说，被猜的一方首先想好一个电影名字，告诉对方几个字。比如《碧海丹心》吧，就说四个字。这样，猜的一方就可以向他提四个问题，随便问什么都可以，被猜的一方须回答这四个问题，按次将那"碧海丹心"四个字隐在回答中。比如，猜的一方提出了第一个问题："你为什么要穿蓝裙子？"被猜的一方可以这样回答："因为我不喜欢鲜红的，也不喜欢碧绿的，就喜欢蓝的。"那"碧海丹心"的"碧"字不就埋伏在里面了？实在加不进去，谐音的字也并非不可，所以也可以这样回答："因为我必须穿蓝裙子。"文理不甚通顺也可以，只要回答了问题，又埋伏了字，就可以。等问题全问完了，回答完了，就猜去吧！

　　小妹姐姐介绍完毕，说："你们先给我猜一个电影名字，我猜给你们看看。"

　　我们便把头凑拢在一起，商量定了一个电影《青春之歌》。商量定了，头又一下子散开了，纷纷向她嚷：

　　"四个字，四个字！"

　　小妹姐姐稍稍沉吟了一下，提出了第一个问题："为什么你们说话都这么响？"

　　我们的头凑拢了，继而散开，纷纷嚷道：

　　"因为我们不习惯讲话轻。"

　　"因为我们不喜欢轻轻讲话，喜欢响。"

　　"因为我们不高兴轻轻讲话。"

　　"因为讲话轻，没有劲的。"

　　小妹姐姐微笑了一下，紧接着又抛出第二个问题："为什么你们这样要好？"

　　"因为我们都是春天出生的。"

　　"因为我们的生日都是立春这一天。"

　　"因为我们都是开春生的。"

　　……

　　不等我们说完，小妹姐姐便说道：

"《青春之歌》！"

我们一下子傻眼了，她简直太伟大了。小妹姐姐却笑了，笑得弯下了腰，好容易笑完了，她才揉揉眼睛说：

"你们不要那么多人一起说话嘛，一个人说就可以了。"

我们还是没有明白过来，小妹姐姐又说："我给你们猜一个吧！"于是她就报了："也是四个字。"

"你为什么不参加红卫兵？"毛毛抢先冲口而出。

"因为我胆子小，看到他们辩论、武斗，魂灵也吓出了。"小妹姐姐平静地说。

我们面面相觑，没有一点儿线索，只好继续提第二个问题：

"你为什么不扎小辫子，也不留刘海儿？"

"断命的头发太多了，留长了洗也洗不动，马马虎虎算了。"小妹姐姐回答得又流利又自然，没有一点儿破绽，令人茫然。

"为什么你要穿蓝裙子？"

"我喜欢蓝裙子。"她极其温和地笑了一下。

"你家住在什么地方？"

"泥城桥再过去。"

四个问题全完了，可是我们一点儿不得要领，不由乱猜了起来：

"《五朵金花》！"

"《英雄虎胆》！"

"《羊城暗哨》！"

"《舞台姐妹》！"

"是个外国电影。"小妹姐姐启发了一句，我们又胡猜了半日，只得求她：

"告诉我们算了，实在猜不出来啊！"

小妹姐姐停了一会儿，终于说了："《魂断蓝桥》！"

我们彻底怔住了，你看看我，我看看你。毛毛说："我没看过这个电影。"

金金说："我听也没听见过这个电影。"

"小妹姐姐，你看过吗？"阿五崇敬地问道。

"我也没看过，但是听我姆妈讲过。"

"那你讲给我们听听吧。"我们恳求她。她就讲了，讲了一个悲悲戚戚的故事，讲完之后她说："我姆妈说，过去的电影才叫电影呢，后来的那种电影根本不算电影，是拉洋片。"

我们都不响了，只有阿五叹息了一声。

从此以后，猜电影名字便成了我们最热衷的一项游戏。通过反复实践，我们渐渐掌握了窍门，技术有所提高，并且，各人有了各人的战术。比如毛毛，用的是"迷魂汤"战术，她回答问题都要用长长的漫无边际、扑朔迷离的一大篇，带着你绕圈子，回答到最后，她和你一起都忘了究竟要回答什么，究竟问题是什么。这么满满的一大篇里，藏进个把字，简直是沧海一粟。可是尽管她这样煞费心机，对方总还是能够猜出，因为猜的和被猜的技巧是同时在提高的。比如阿五，她提问题总是提得促狭，叫人不好发挥。举个例子，她问你："你叫什么名字？"你除了回答一个名字以外，很难再说什么，一旦要说，破绽总是明显的。假如这个问题问到了毛毛头上，毛毛的回答就简直没个完了，从她曾祖父的名字一直说起，说到她出生的背景，起名的经过、缘由，直说得你瞌睡也上来了。真正是针锋相对，各不相让。所以，无论被猜的一方设置多么艰难的障碍，猜的一方总能达到目的。假如真的一点儿也猜不出来，那么，不论是猜的一方还是被猜的一方，都将是十分扫兴的。小妹姐姐的电影名字虽是永远猜不出来的，可是她总是将那个谁也没看过的电影讲给我们听作为补偿。

忽然有一段日子里，金金变得神秘起来，她的电影名字叫人再也猜不着了。

"两个字。"她说。

"你为什么不上学？"我们提问。

她回答："上海这个地方啊，风太大了，去上学很吃力，不高兴去了。"

"你为什么不戴毛主席像章？"第二个问题。

她回答："弟弟一大清早就要爆炒米花，我去排队，忙得魂灵也没了，忘了！"

人们便猜："《海魂》！"

她却说："不对，是《风暴》。"

原来，她的回答里隐着两个名字。你猜甲，她说乙；你猜乙，她便说甲了。事情终于败露了，大家全被她激怒了：

"你怎么可以这样？"

她有些慌了，眨着眼睛说不出话。

"不和你来了，不来了！"大家说。

最后，她几乎是流着眼泪哀求大家，向毛主席保证，向马恩列斯保证，大家才宽恕了她。她说到做到，以后再没耍过这种恶劣的花招。可是不知怎么的，就像遭受了一个打击，大家都有些提不起劲，过了不少日子，才渐渐地好了。

这天，我们正猜着，忽然从隔壁的隔壁的隔壁走出一个人，也来参加。他是中学生，还是学校小分队的，大家都听见过他那剧烈颤抖却不失高亢的歌声，背地里叫他小名"宝宝"，当面就叫宝宝阿哥。他刚走过来的时候，大家有些意外，以为他有什么事情要说，于是都闭了嘴，静住了等他过来。可他走过来并没有说什么，只是微微有些尴尬地笑笑，在一张空着的小板凳上坐下了。大家就好像吃了什么噎住了似的，瞪着他仍然不说话，他倒大方起来，说："不欢迎我啊？"大家便有些忸怩。停了一会儿，毛毛才说了："因为，因为，因为什么？阿五你刚才问什么的呀？"

可阿五自己也忘了，只好从头再来。

"一个字。"毛毛说。

"为什么你要说'一个字'？"阿五问。

"我们家里人都是这样，都是喜欢这样说：'一个字！'我妈妈是这样，我爸爸也是这样……"她啰里啰唆说个没完，阿五却打断了她：

"《家》！"

毛毛一下子泄了气。

一来二去的，宝宝阿哥看懂了，便说：

"你们给我猜一个好吗？"

谁能说不好呢！

"三个字！"毛毛首先说。

"你是不是叫毛毛？"宝宝阿哥笑盈盈地发问。

毛毛不由一愣，对这个问题，她要么说"是"，要么说"不是"，无须说太多的话。可是不说又怎么办？只好硬着头皮说。毛毛咳了一下，慢慢地说开了："是叫毛毛，是毛豆子的毛，毛豆子是青的。"只能到此为止了。

"你是不是住在四号里的？"宝宝阿哥笑盈盈地

又问。

"是住在四号，这座房子在平地上，而不是山上。"她勉强笑着，笑得不大自然了。

"你是不是小学生？"

"是小学生，小学生不可以谈恋爱的，中学生里也不可以……"

大家都哧哧地笑了，毛毛却红了脸。

宝宝阿哥打断她的话："《青山恋》！"

在座的都已经猜出来了。

毛毛沉默着，大家都沉默着。过了一会儿，毛毛说：

"你要问问题。"

"我问问题了。"

"你要问'为什么'。"毛毛厉声说。

"非要问'为什么'？"宝宝阿哥和气极了地问。

谁都不再说话，停了一会儿，阿五说：

"我来给你猜一个，七个字！"

"你叫阿五吗？"他又是这么问。

"你要好好地问。"金金说。

"我是好好地问。"他说。他的确是好好地问的，他总是这么问：

"你住三号里吗？"

"你读四年级吗？"

"你是小姑娘吗？"

······

他提的全是那种问题，你只好回答"是"或"否"，无法添油加酱。只好勉强地绕圈子，那个字便形迹可疑地嵌在上面，令人一眼就识破。没等阿五问完七个问题，不仅是他，所有的人都明白阿五的谜底是：《梁山伯与祝英台》。

阿五沉默了，大家都沉默着，什么话也不说。宝宝阿哥有些不安起来，开始找话说，说他们小分队里的事，排什么节目，跳什么舞，没有人搭理他。金金有点心软，看不下去了，就敷衍了一句：

"你跳一个给我们看看呀！"

不料他真的站了起来，大家不觉都朝他转过头去。他先退至弄堂底，然后扬起手，嘴里叫了声："嘚儿驾！"做着骑马状跃了过来。大家赶紧侧过头，不敢正眼看他。他努力地跳，跳完了，有些气喘。

"蛮好。"金金说。

他笑了一声，又笑了一声，然后便有点惶惑地走了。大家默默地看着他走去，走到隔壁的隔壁的隔壁，进去了。

从此以后，我们就不常猜电影名字了。有时候，也会有人提起，可猜了几个，总也提不上劲，有些勉强似的，再没有过去那种愉快认真的心情了，便罢了。渐渐地也就越来越没人提起，差不多是忘了。

遗民（代后记）

　　一些事情其实过去不久，转眼却成了老照片。比如这城市的有轨电车，好像昨天还乘过它，从弄口的大马路朝东走，转弯到横马路上，就搭上了电车。有戴制服帽的司乘人员来售票，在两排木椅间摇摇晃晃走着，票是三分钱一张。可是今天连路面上的轨迹都没有了。一九七〇年末，我从安徽插队的乡村回上海，走出站口，满是揽生意的三轮车，不少知青就是乘坐着三轮车回家的。霎时间，三轮车已披上了最后的贵族的光芒，那种幽暗的，酱黄的，室内的光芒。但是，另一些情形却正相反，明明是隔世的景象，编年史上一查，就在近期，我们的视野里。比如西装旗袍，应当是在六十年代初期到中期，方才渐渐绝迹。印象里却淡漠得很，好像那是舞台上的戏装。还有一些名伶，比如周璇，是与我们擦肩而过的人物，怎么画面都已经泛黄，并且长了霉点，那留声机里的歌声，也走了样，吱吱呀呀的。

记忆说脆弱很脆弱，它特别容易被覆盖。当街面上有店家新开张时，你竟然想不起旧招牌上原是写的什么字样。新楼起来的时候，你也完全忘了旧楼的面孔。新街开出来了呢，你又不记得老街是朝哪个方向了。可某些时候，它又特别顽强，它可从层层旧物旧事的废墟中穿透出来，跟随着你，在你的视野的一个暗角里，蛰伏着，当光线来自某个角度，它便闪现在微明之中。这时候，你发现已经看了它很久，它也看了你很久。你们默默地对视着，有一种同情渐渐升起，漫开，弥散在你们中间，茫茫然的一片，隔开了距离。然而彼此并不因此而模糊了身影，依然是可视的。这样的时刻，记忆是那么柔软和柔韧，传达给你它的体温，是有些湿润的，还有些黏滞，它的气息也不是那

　　从此，心里有了希望，不久的将来又有电影看了，只有七部也很好，总比一部也没有好。虽说都是看过的，可是再看自有再看的味道。

某些时候，记忆又特别顽强，它可从层层旧物旧事的废墟中穿透出来，跟随着你，在你的视野的一个暗角里，蛰伏着　当光线来自某个角度，它便闪现在微明之中。

么清爽的，差不多称得上是浑浊，带着些人的隔宿的口腔的气味，是捂得过熟的气味。总之，它可感到了这样的程度，就是说，它近乎是狎昵的了。

记忆很难说是真实的，它只是带着写实的表象。它将细微处都刻画出来，显得栩栩如生，近在眼前，可它对原委一类的因素就无能为力了。这是因为它总是抓住表面的东西，它敏于感受，更接近于本能。它并不包含理性，所以，便缺乏了解的力度。它甚至是有些机械地收集材料，然后，被动地等待着筛选。谁来筛选呢？就是前一段落里说到的"光线来自某个角度"。它，也像是一个星球，处在自转和公转之中，沿着既定的轨道，与周围的发光的星球组成不断更新的关系。所以，我们很难测量光线来自的某个角度。这看上去就像是偶然所致，但为达到这个偶然的结果，却已经走过了许多路途。许多时间消耗在自转和公转的路途上。这就又像是奔着目标，有备而来。视野的暗角渐渐有了光，是舞台上脚灯的角度，然后，耳灯也亮了一盏，再下去，天幕灯也亮了一盏。顶灯始终没亮，而观众席则完全黑了下来，掩进了暗里，舞台便显得更亮了一些。接着，就有了动静。动静不大，却有清晰的回声。声音在四下碰撞着，弹过去，弹过来。有些像滚雪球，一开始是稀薄的，零落的，散漫的，然后渐渐地团拢来，越滚越大，成为一个比较集中的声音。

遗民就是这样，因此，人物上场，一无二致的五官上方顶着暗影。眉棱上，眼窝里，鼻梁是正中一块三角的影，唇上，还有下巴的浅平的凹陷，都盛着黑黑的影。幸亏有耳灯从旁打了一下，才使得那些暗影柔和了一点，否则，便会是十分鲜明而触目的。天幕的光也起了调节的作用，又一次冲淡了脚灯的往上打的效果。但同时，它也将人形与背景分离了，隔开了。人浮在背景的光上，像一张薄纸片，无法看清人物的表情，从下往上投的暗影划破然后拼接了人的脸，使他们有了一种统一的面容。就像那些无法沟通的外族人的脸，迟钝，木然，深不可测。

好了，现在该说到正题了。就是那个湿热的夜晚，由于空气中的水分，夜色冲淡了，呈浅黑色的。但这并不使它变得透明一些，水分阻碍着光线，光线无法穿透过来，而是一丝丝地黏在原处。所以，夜色的质地是稠厚的。很热，也不是没有风，风是有的，却不是吹到身上，而是缠在身上，就像是一种有形的物质。虽然热，倒也不出汗，甚至走到街角某一个位置，还有些凉意似的，微微地起了汗毛，毛孔是紧闭着的。我们在僻静的马路上走着，走到马路那头，再转过身，走回来，走到马路这头。

这条马路叫作茂名路，靠近淮海路的一段，在城市的西区。与淮海路相交的转角上，是家电影院。从电影院朝北沿茂名路走进去，是一条长廊。廊里是一列昂贵的店铺，黑了灯。借了路灯，可见橱窗里躺着的精致的呢料的胸饰，一顶玫瑰红的宽边帽，下面吊着一双同样颜色的拖鞋，特别地逼真而且完美，看上去有些旖旎，带着些腐化的气息。还有美发的皮椅，静静地卧着，有克鲁米的部位闪着幽光。悬挂的西式大衣亦是静静的。一应奢华都偃旗息鼓着。廊背后是锦江饭店的花园。再过去，差不多就到了马路头上了，横马路叫作长乐路。隔着长乐路，可看见对面街角上的上海艺术剧场，也就是昔日里著名的兰心大剧院。

此时闭了门，一盏路灯照亮了门前的地砖。我们站住脚，不敢贸然穿过长乐路，向茂名路的纵深走去。四下里望望，只有寥寥几个行人，在梧桐树行间忽隐忽现。我们朝身后望着，见母亲和她的女同事在距离我们两百米的长廊里走着，说着很机密的话，没有招呼我们走拢去的意思。她们的谈话显然还需要一段时间。

我们望望四周，只有马路那边的对面，就是茂名路的西侧，街角上有一家店，还开着门。日光灯雪亮地照射出来，将四边衬托得更黑了。可看见面朝马路的大冰箱，几乎听得见制冷机嗡嗡的运作声。有些人声也传了出来。那里，似乎还活跃着。我和姐姐手牵着手，小心翼翼地左右望着车辆。车辆虽不多，可偶有一辆，则飞快地穿梭而过。稍有躲闪不及，便有撞上的危险。我们瞅着没车的一刻，受惊的兔子一般，奔过了马路，到了对面。这样，长廊，锦江饭店，上海艺术剧场，就都在了那一边。我们在那商店的门前站了一会儿。这是一个中型的食品店，出售糖果和糕点，还有冷饮。冰箱上积了霜，有雪糕的甜腻味夹在风里。店里有两名店员，说着话，声音在店堂里很响亮地回荡。日光灯将店堂的墙壁照得雪白，样样东西纤毫毕露，就都显得有些陈旧和疲惫，不那么新鲜的样子。我们站了一会儿，掉头走去。这一侧马路多是民居，沿街的窗都遮了窗帘，或者百叶窗，也是黑着，没一点声音。其实，并不是很晚的时候，第四场电影还没开场呢！

我们是被妈妈领来看第四场电影的。就在淮海路转角的电影院，片名叫作《节振国》，是一部戏曲片。电影院门旁的巨型海报上，画着一个浓油重彩的男性，做着亮相的姿态，蓝布衫挽起一截白袖口。电影的片名和男主角都是叫人扫兴的，又是在这样的时间里。电影没开场，已经人意阑珊。我们被有意地安排提前出门，来到这条街上。妈妈和女同事碰了头，然后让我们自己沿了马路散步，她们则走在我们身后。我们偶尔回头望去，便见她们耳朵凑着嘴巴，无声地私语。有时还会停下脚步，似乎谈话进入了紧张的段落，忘乎所以。但很快她们又记起来，赶紧移动脚步，好像是不愿让人知道她们是在谈话。这使她们的谈话显得相当机密。她们的身影也在梧桐树行间忽隐忽现。她们都穿了夏装，无袖的浅色的连衣裙。裙裾很宽，从腰间蓬起。平日的电烫的短发，此时因为天热，用手绢束起。那大约是六十年代初吧，这城市还很摩登，它甚至还影响了像我们的母亲，还有她的女同事，这样的从根据地来的解放战士。

我们在马路上来回走得终于不耐起来，决定向妈妈她们接近。妈妈蓦地发现我们在她们身边，似乎吓了一跳，随即从钱包里取出一些零钱，让我们去买雪糕吃。于是，我们只得又离开她们，继续在湿热的空气里，向前面走去。梧桐树的幢幢黑影，显得十分巨大，将我们衬得很小。这个夜晚有一些令人不安。母亲和女同事密谈，孤独地来回走在寂静的马路上，还有前边路口，还未打烊的商店的惨白的日光灯，使夜晚变得有些诡秘。

我们向前边的商店走去，这一回因为有了目的，脚步便加快了。但依然谈不上有什么欣喜。我们很快就又来到那家商店里。商店好像又寂寞了一点。店员的说话声，在店堂的四壁间碰撞着，有一种零落之感。我们将零钱递过去，那个男店员便走到冰箱前，打开了冰箱盖。一股冷气凛冽地扑面而来，夹裹着一团白雾，周身凉了一下，转眼间化了水汽，身上更黏滞了。我们接过了雪糕，剥纸的时候，手指间沾了甜腻的糖汁。我们就在这样不洁的感觉中开始享用雪糕，一边吸吮着雪糕的顶端，一边又转向来路走去。雪糕在口腔中化作香甜而稠厚的液体，然后逼近咽喉，囫囵吞下。这种甜而稠的液体，在吞咽时的那一霎的快感，催促着更努力的吸吮。雪糕在温热的空气中融化得很快，不久便赶上了吸吮的速度，于是沿着手腕缓缓地流淌下来，再干涸在手臂上。这一切都叫人沮丧，缺乏兴致。这时候，我们发现了那一男一女。

那男的是什么装束，没有任何印象，但那女的，是穿了一身旗袍。她显然是那种旧式的妇女，穿着一身旗袍，足下是高跟鞋，头发也是电烫的，却和我们的母亲不是一派。她是那种长波浪的样式，但因为缺乏梳理，有些蓬乱地搭在肩上。她没有带手提包，就好像临时决定从家里走出的样子。对了，她也没有化妆。像她这样烫长波浪，穿旗袍装的女人，通常是要化妆的。那时候，上海的街头还是能看见一个两个这样的，前朝装束的女人，她们散发着一股俗丽的气息。这一股俗，其实是陈旧，还有没落的意思。她们都很遭人眼目，但多半不是艳羡的，而是异样。而这一个却没有化妆。这也像是临时从家中走出的。她看上去有些憔悴。可谁说得准呢？这个晚上，哪一个人看上去都有些憔悴。她和那个男的并排着，相距有一肩半宽的距离，也和我们走着同一条路线。这样的间距是有些微妙，即不亲，又不疏，反正不像是一般的相识。他们默默无言，也显得不一般。他们不像我们那样走得慢，而且百无聊赖。他们走得比较快，就像有着明确的目的地。所以，他们就走到了我们前边。有一时，我们像是在跟踪他们，他们在我们视线里停留了一段。隐隐的，那男的向女的靠拢过去，而女的则很快察觉地让开了。这就使他们的路线有些歪斜，渐渐从人行道走下了马路。

他们渐渐从我们的视线里消失，可还是留下了不安的气息。这个夜晚本来就很不安了，再加上他们，这不安便更尖锐了。我们走到靠近淮海路的那头，母亲还是没来招呼我们，她们的密谈已进入高潮。隔着马路，我们看着电影院门旁的海报。《节振国》的人物庞然占满了整幅画面，穿着现代服装，却拉着传统戏曲的山膀。这是个现代题材的戏曲电影。这种电影对我们可说没有一点吸引力。电影院前人迹寥落，淮海路也人迹寥落。这个城市的夜生活，只剩下一点余温了。雪糕在喉咙和手臂上留下了黏涩的痕迹，我很渴，却又不怎么想喝水。总之是，不舒服。怎么办？还是回过头，再向前边走去。然而，我们竟又走在了那对男女的身后。那么说，他们也在这里徘徊？可是并不像我们似的，无所事事，而是有着什么事情，需要解决的样子。我们也稍稍加快了脚步。有一会儿，赶上了他们，与他们一同走着。路灯被稠密的梧桐树叶遮住了，我们又不敢转脸盯着看，只能用余光窥视。他们始终没有说话，但瞥见那男的招起手，朝女的脸上撩了一下，好像是要摸她的脸，又好像是给她一个耳光。而女的又让开了。这些动作并不影响他们走路，他们保持着原先的速度和节奏。所以，我们不能不怀疑方才瞥见的一幕，是一个错觉。有一些事端被很严密地压抑在平静的表面下了，无从发现和了解。我们渐渐地，还是被他们甩下了一截。我们看着他们走进了前边商店门前的日光灯里。这一回，他们停住了。他们站在那里，依然不说话，只是站着。那男的，似乎试图去拉那女的，而那女的还是不落形迹地让开了。她的旗袍在店堂照射出来的灯光下，显出暗淡和陈旧。那种糊花的图案，已经不怎么清爽了，又经了汗气濡染，布质失去了筋道，绵软地贴在身上。她抬手作了个掩面的动作，像是在哭。可待我们走近去，她正放下手，与我们打了个照面，她的脸色很平静。此时，他们又像是不相识似的，各自站着，令人感觉他们是在掩饰什么，他们是在作假。奇怪的是，店堂里的那两名店员，一点没意识到发生了什么不寻常的事情，他们照旧一句去一句来地聊着闲天。声音在空荡荡的店堂里来回碰撞着。有几张棒冰纸飘落在地面上，吃力地舞动着。

他们好像是处在僵持之中，并且双方都很坚持。我们始终没看清那男人的脸，也因为他不像那女的那样有特色，但我们分明感觉到他对那女的有着一种类似控制的权力。那女的显然是怕他。他站在门前那方灯光的边缘，背对着灯光，很有把握地站着。夜好像很深了，却没有月亮，更谈不上星光了。梧桐树影又巨大了一些，好像在滋润的温室般的空气里，特别利于生长似的。那对男女从灯光里走了出来，从我们面前擦过。我们也只得转身了。妈妈和女同事的密谈简直没有个头了，《节振国》这电影则像是永远不会开映了。他们走在我们前面，一个在人行道上，一个在人行道下，然后，出其不意地，那男的挥手在女的脸上掴了一下。这一回可是千真万确。我们惊得止了脚步，心狂跳起来。这一幕戏剧就在我们眼前上演，可我们一点也不了解剧情。我们只感到恐怖。这戏剧有一种暧昧的气氛：阴暗，晦涩，还有些猥亵。并且戏已经到了结尾部分，大势已去的样子。女的挨了这一下，竟也没有作声。他们两人从头至尾静默着，没有一个字吐口。这也是到了结尾部分的气氛，来龙去脉都交代过了，理由也讲清了，台词便说完了。他们看上去，都有些若无其事的，对发生什么都有准备似的，都是被曲折的情节冶炼成道的，城府很深。而我们，心惊肉跳地站在人行道上，不知该继续跟他们向前走，还是回转身。身后那块日光灯的亮地，炽白得颇不自然，也有些恐怖。正在踌躇不前的时候，终于听见妈妈叫我们的声音。她的声音在黏滞的空气里，很艰难地穿过来，走一步，停一步的样子，声音又熟悉又陌生。我们拔开腿，没命地奔跑过去。

找寻失落的本真（画者后记）

小时候，常听老人和前辈们感叹，时间过得太快，不要浪费时间呀！的确，日月如梭。

二〇〇八年我举办个人手卷展时，张仃先生为我题词祝贺："梅花香自苦寒来——王明明同道从艺五十年。戊子孟夏，辽西九三叟它山张仃书贺于京华。"我从六岁发表作品至今已有五十多个年头。转眼间，明年将是我的甲子之年，真是不敢想象。

六十甲子到来之际，我把父亲为我整理、珍藏五十余年的儿童时代作品出版并举办一个特殊的画展——"艺海童年——王明明儿童时期作品展"，以展现我六到十三岁童年即开始的求艺历程。

这些作品承载着许多我儿童时代的记忆，勾画出那时所走过的稚嫩天真的艺术足迹。在今天看来这些作品虽不完美，却可以让我深深地看到并思索自己后来在艺术发展中的得与失，唤回我重新去寻找失去的艺术真谛的初衷和勇气。这些作品让我不断追问自己：在一生不断追求的绘画技法中是否失去了自然天成？在探索观念的更新时是否失去了艺术的本真？在理性的艺术思索里是否失去了艺术的灵感与激情？在对名利的渴求下是否失去了艺术的纯洁？在强化写生与相机的作用时是否忽略了记忆力和纯真的眼光？这自然天成、艺术本真、灵感激情、艺术的纯洁恰恰是儿时最本性的真情流露。如能通过对这些作品的回顾找回儿时的本真，我相信自己的艺术可以得到升华，这就是我此次展览的目的所在。至于"偶遇"王安忆的这本童年回忆《放大的时间》，发现一南一北两人的记忆中竟有那么多的暗合，则又是另一种缘分了。

在一生中求得知识，再做到有学问，是很多人梦寐以求的。但只注重知识与学问是不够的，还应该上升为有智慧。我无缘上美术学院学习，但我有幸从儿童时代起跟着许多大师学艺做人。他们的人格力量感召着我不断锤炼自己。

时间不会停步，我们的艺术也不能止步，回望与反思会使自己更警醒，也会更聪明。少走弯路，不走冤枉路，究其如何，好在时间掌握在自己手中。

王明明于潜心斋